出走

用旅行找到生命的亮點

黃麗穗——著

推薦序

這女子「玩」必有方！

終身義工 孫越

她常常與我老妻通電話，是關懷也是聊天。

某晚，她又來電，是我接的，我說妳等等，我就將話筒交給老妻，瞬間，老妻又把話筒給了我說，黃麗穗找你！

對方聲音極其溫柔，並提高了嗓門兒（因我重聽，而她聲音又太小）：「孫大哥，在台北很悶罷？想不想再出去逛逛？從歐洲到耶路撒冷！順著耶穌的腳蹤走。」一聽就對她說，好！

她開始像每次出遊認眞的籌畫，我也開始了我的幻想，幻想自己在兩千年前的耶路撒冷，幻想我一無所有，又殘缺的坐在「畢士大」的池邊，竟遇見了耶穌。

想像在歐洲訪古，走在二十世紀三〇年代的街頭，與老妻及好友喝著咖啡聊天的情景。

我想到我們走在某城市幽暗的街燈下，細雨微風，任其吹濕了頭髮與衣裳，此時我絕不在意這些，因爲這是舞王金凱利《花都舞影》都無法享受到的街景，雖然我沒有唱〈*Singing in the rain*〉的本錢，但是我們卻有黃麗穗相陪！

之後在眞實的日子中，黃麗穗與旅行社的曹小姐，緊鑼密鼓聲聲催，我也由夢遊般的幻想中回到我的現實生活。

一個患有COPD（慢性阻塞性肺病）的我，擁有心血管安了四根支架的我，一個行路須靠手杖的人，再像從前那樣「爲所欲爲」到處玩，方便嗎？那是不可能了！

黃姓女子竟跟我說，安啦！孫大哥，一切有她（她老人家）！我眞見識過與她同遊，有多快樂。黃麗穗是不愛獨樂，愛衆樂，看見衆樂她更樂的女子！

這次她說，我們隨行就有一位醫生朋友，跟醫生一起玩，你安啦！我會給你預備「輪椅」，推著仍可到處逛，只要帶著所有你每天該吃的藥，就萬事OK啦！

記得在過往的二十年內，她帶我夫婦與朋友們，去過兩次地中海，一次北歐至東歐，更於加拿大乘遊輪到阿拉斯加。在這些旅途中，所有我們沒想到的，她都給我們大家想到了。在過去遊輪上，常見洋人帶著行動不便的家人隨船、隨車的旅遊，但我所認識的黃麗穗，這位女子大將，以她老的性格，我想，完了，這一團人全等於是「陪病號孫越去玩」。我幹嘛讓朋友們跟著我受這份罪呢？

最後，在黃麗穗邀請衆友人的晚餐，請旅行社做行前說明時，我斗著膽子，低著頭大聲的說：「黃老師，我倆不去了，請各位好好玩兒吧！」

老妻怕大家誤會，接著說：「黃麗穗，孫越的決定是對的，他覺得爲了照顧他，勞師動衆，最後你們這些好友們，都在提心吊膽擔心孫越的健康下，一定不好玩。還有，每次跟妳出去，到哪兒都好玩，但一回來我又全忘了。可是，妳寫的旅遊書像《走，我們坐船去》，我看了就如同又跟妳回到船上，回到妳帶我們走過的歐洲街上，我想起來就看一遍，想起來就又看一遍，就彷彿像妳帶著我們走一樣。孫越常說，往後，妳就只要看黃麗穗的書，不用跟著去玩兒啦！」

就這樣，我們臨陣脫逃，沒去！

不過，現在想想有點後悔，因爲我若乘遊輪隨著黃麗穗去耶路撒冷，若眞要在外面犯了病，「蒙主寵召」，還有柳健台、柳沈招治兩位牧師可以在遊輪上的「小教堂」爲我做「安息禮拜」，那多好玩兒，在海上耶！

旅伴們如是說……

每一次「旅行」對媽媽而言，永遠都像小學生的初次遠足那麼令她期待。出發前的殷切等待與計畫，旅程中的目不暇給與興奮，歸來後的細細回味與珍藏。

只要旅行，就可以讓她變得聰明靈巧；只要旅行，就可以讓她變得不屈不撓；只要旅行，就可以讓她變得文思泉湧。

旅行讓她青春不老！

——娃娃

和麗穗同學出遊，可以磨練你的心、你的腦、你的眼，因爲你得用你敏銳的心去感受美的饗宴，得用理性的腦去接受異國的文

化薰陶，得用你澄清的眼去觀看造物者的神奇。

她常營造「Surprise」，它是旅行中的亮點，不過我覺得她才是個最美麗的「Surprise」。

最重要的一點，跟她出遊，你得美美的喔！

——徐美珍

旅行是人生旅途中持續不斷的啓發和思索的重要事件，旅途上的友人是媒介，也是生命記憶中難以抹滅的印記。是師、是友，亦是親——麗穗即是。

——高慧芬

我們出遊，已經數不清有多少次。大遊、小遊，爲吃一個小攤、爲一個景色、爲再見遠方友人，有千百個理由令我們出走，人海茫茫，如沙衆多，卻在我們的生命中印下深深的記憶。

當你擁有一位永遠充滿活力、玩起來從不喊累的朋友時，頓時完全翻轉成繽紛彩色人生！

——陳紅麗

自序

尋覓人生中不同的風景

一晃眼，五年過去了。距離我上一本書，已然飛逝了一千多個日子。但飛逝的是光陰，我並沒有荒怠自己的人生。

前面的兩年半，我全心投入於台東初鹿牧場的規畫與設計，日日夜夜腦袋裡轉的全是「樹怎麼種？道路怎麼鋪排？人車如何分道？」諸般瑣碎卻又輕忽不得的細節，駑鈍的心智因此無法再容下任何一點文字。好不容易大事底定，後面的兩年半，我慌慌然掇拾起久違的至愛——旅行，努力的實踐「出走」哲學。

如是這般，當行囊重新裝滿，我才膽敢再度執起羞赧的筆，為您書寫這份……出走的心情！

出走，到底是什麼？

對我來說，出走是為了離開原有的繽紛，遠行至一個不同色彩的世界；它讓我得到情緒的休憩，找到向陽的出口；它讓我與早已習慣並依賴的生活暫別，以便學會珍惜；它也讓我因為拉開的空間和時間，重溫思念的美好、重新練習愛人的能力；它甚至讓我反躬自省，調整生命要件的次序！

出走是一種訓練，是一種培養，是一種啓發，是一種對已然被生活鏽蝕的腦袋，最好最速效的救治！

出走是爲了發現生命的亮點，尋覓人生中不同的風景！

出走絕不是爲了逃避，而是爲了找尋回家的路！

因此，這本書，我從荒僻原始的非洲大地，書寫到繁華光燦的日本東京；從水氣氤氳的義大利威尼斯，書寫到兩岸溫風煦煦的南法河輪；從古意盎然的北京，書寫到前衛多彩的紐約；從神秘熾熱的開羅，書寫到蒼茫冷冽的北極；從群獸環伺的非洲草原早餐，書寫到銀座香奈兒餐廳的優雅晚宴；從細膩雅緻的三星法國美食，書寫到溫潤暖胃的道地日本拉麵……

而我所有傾心相訴的書寫，仍然一本初衷，希望能與讀者們攜手同遊，一同探索這美麗且充滿驚嘆的世界。當您打開我的書，進入我的文字與照片，您必能了解我的心意，與我共賞美景，同享這豐美的盛宴！

如果您喜愛我的陪伴與導覽，那麼，接下來，我還將探索格陵蘭的絕世美境；也想帶著大家，細遊法國古堡……讓我們在此預約下一本的旅程，誰教這可愛的世界，是如此令人遍遊不膩，如此令人甘心「出走」呢！

Contents

推薦序　這女子「玩」必有方！　孫越　002
旅伴們如是說……　005
自序　尋覓人生中不同的風景　007

PART 1 樂在旅行

旅行的福分　012
用雙眼與心記住的風景　016
繁華落盡後的平靜安謐　020
能屈能伸的「旅行力」　023
心上的甜味　027
A380圓夢之旅　030
驚喜與失望的一線之隔　034
與「對味」邂逅　036
屬於我的度假意義　039
存在心中眼底的印記　041
加倍的快樂，無價　045
如人飲水，美味自知　048
五星級的機上美容　051
啓程，爲了一場感動　054
關於「運氣」這回事　058

PART 2 非洲，繽紛

小小的幸福居所　062
原始與文明的衝突之美　065
驚奇優美的草原王者　067
天光乍現時，升空！　071
樹屋一夜　075
溫習滿眼的斑斕　078
史上最有價値的飛行　081

PART 3 法國．沉醉

穿著不需要信仰　086
永不煩膩的欣賞　089
不容許少玩的旅行哲學　092
所謂的完美旅程　096
星級的美食饗宴　099
古城亞爾的迷人內涵　103
傳奇的大師，寂寞的靈魂　106
到巴黎挖寶去　108
花都驚魂記　111

Contents

不花大錢的附庸風雅 115

PART 4 日本・靜謐

親炙光之教堂的震撼 120
死與生的強烈對比 123
不期而遇的暖意 126
八百日幣的幸福 129
我的美食天堂 133
商品反映出體貼、細心的民族性 137
餐後的「神秘花園」 140
虔心守候剎那的美麗 143
意外的星野奇緣 146
一部電影誘發的旅程 150
深秋的春花 154

PART 5 義大利・炫目

優雅而弔詭的威尼斯 158
都是美食惹的禍 161
享受一個人的咖啡館 164
驚蟄之哈雷夢 168

PART 6 美國・夢之國

阿拉斯加教我的「徜徉」 172
到別人的故事裡攪局 175
紐約客就是最美的風景 179
連成人的心也融化 184
不造作的米其林一星——Bouley餐廳 188
在紐約遇見戰馬 192

PART 7 世界・遺珠

在以色列感受神的恩典 196
充滿驚嘆與嗟嘆的國度 201
與世無爭的十六湖 205
寶藍蒼穹・驢子・希臘 208
香江半日 211
尋常時日裡的心動氛圍 214
北京的「格格吉祥」 217
上海愈來愈有味 221

PART1

樂在旅行

旅行的福分

能夠旅行，是福分；
能夠樂在旅行，是惜福。

如果說，「偏執」可以解釋成一種癮頭，那麼我對於旅行，顯然是「上癮」的。

我的意思是，但凡生活中大小瑣事，我總有疲乏倦怠的時候。唯獨旅行，怎麼也不膩。全盛時期跑機場簡直像跑自家廚房。朋友們要見面，還得把握我那些可遇不可求的出國空檔，不然，稍一蹉跎，我又「飛」走了。

「那個國家，妳不是去過好幾次了嗎？」朋友在電話那頭聽來滿腹不解：「又要去！玩不厭嗎？」

「當然玩不厭啊，」我振振有詞，「即便是同一處景點，春天去是一種景象，秋天再訪，又是另一番面貌啊！」

爲了旅行，我理直氣壯。旁人眼中近乎偏執的行爲，我卻可以輕易找到一百零一種的理所當然。

想想看，那些散布全球的大城小鎮，那些藏身於街衢巷弄裡的特色小店，小店裡陳設的獨特擺飾。又或者，一家名不見經傳，卻好吃得令你動容的餐館……這些，不都值得我一再重複的收拾行囊，走出自以爲是的象牙塔嗎？

就拿巴黎的龐畢度藝術中心來說吧，每一回造訪，都因爲此刻正舉辦的特展，而讓我有不同的收穫。尤其在自己開始習畫以後，我更加喜愛周身浸淫在藝術氛圍中的那種成就感與飽足。畫不是我畫的，雕塑不是我做的，然而我既不遠千里而來，得以親炙藝術家們的作品，甚且從中偷師技法、創意，讓我駑鈍的腦袋磨砥出萬分之一的靈光；這麼「好康」的事，我何膩之有？

又比如，我心中的至愛阿拉斯加，少說也去過七次以上了，但我至今仍對斯土斯景一往情深。每一次的探訪，總能有不同的感受。我可以毫不矯飾的說：阿拉斯加滌淨我視野與心靈的功能，至今絲毫未減。（只是近年因爲全球氣候異常，過去所見覆滿山頭的白雪，那令人震懾的萬年冰河，現時逐漸呈現一種像是弄花了臉的殘妝，實在令人好不心疼！）

能夠旅行，是福分。能夠樂在旅行，是惜福。

兩、三年前，我剛從法國里昂參與了八天的河輪之旅回國，時差剛調回來，便又興致盎然的打給美國的大女兒，要她確認是否參加隔年初夏的托斯卡尼之旅。

「媽，我們不是剛從里昂玩回來嗎？」女兒萬分驚詫的在越洋電話中問我，「您都不會累啊！」接著她又不可置信的加了一句：

「而且，托斯卡尼是明年五月的事耶，還有七個月呢！」

我哈哈大笑，像個孩子似的回她：

「人生就是要這樣才有意思嘛！現在的我爲了明年的計畫而興奮，多快樂呀！」

用雙眼與心記住的風景

只有映在我瞳仁與心湖中的景色，才是真正難以言說的美。

我喜歡嘗鮮，又熱中玩耍，兩樣人格特質相加，遂成了不折不扣的「好奇寶寶」。搭遊輪，我就要不甘寂寞的每條船都試試。別人是「學」有專精，我則「玩」有專精到可以寫出一本專講遊輪之旅的主題旅遊書——《走，讓我們坐船去》。所以，好奇如我，一聽說有「河輪」旅行可以參加，怎可能錯過！

所謂河輪，是簡約俐落的小型輪船，可搭載數百人不等，行駛於法國隆河，停靠沿岸南法各小鎮。我本來想訂載客量三百人的，想不到十分熱門，船位早被搶購一空，只好改訂一百多人的那艘，船名「A Rose」——一朵玫瑰？眞眞滿溢著法蘭西風情啊！

河輪因爲小，大家的艙位都差不多，所以只有一種票價。小小的房間，兩張幾乎要併靠在一塊兒的床……有紗窗，無論如何得拉下，因爲行駛河岸，蚊蟲什麼不可免。眞要欣賞風景，得爬上船頂的甲板。沒有豪華遊輪上凜冽的海風，只有平靜慵懶的兩岸草木與房舍，用一種不疾不徐的態度，目送著旅人們。

八天七夜的航程，船上當然也有表演節目。多半是請當地歌手獻唱幾曲，或者跳幾支佛朗明哥舞。如果你坐過動輒上千人的遊輪，觀賞過那種堂皇炫麗的歌舞秀，河輪上的小型演出當然就略顯陽春。然而身處南法河流之上，佐以旅行中的悠哉閒適，倒也不失質樸輕鬆。

遊輪，走的是海，航行於國與國之間，舉目所及盡是汪洋。河輪，行駛於平穩無

波的江河，幾乎無須擔憂天候，停靠一個又一個小鎮。兩岸近在咫尺，房舍、人物，甚且是花鳥蟲魚，都能盡收眼底。隨著船身前進，映入眼簾的景致不斷變化。還能造訪那些充滿法式風情的城鄉小鎮，這約莫是河輪旅行最爲引人之處！總之，想要奢華，它會讓你大失所望；但若是追求靜謐祥和，它絕對有意想不到的美麗。

我自己就在此番河輪之旅中，享受了兩次極其幸福的時刻。一次是在登船次日，我起了個大早，因此見到河面上籠罩的晨霧。那情景如幻似眞，美得讓人難以置信。我自年輕鍾愛旅行至今，深知全球各地的自然美景，已因地球暖化而幾乎所剩無幾，所以有幸得見那難能的縹緲悠然，心情既激動又感恩。我對自己說，能到世界的一角玩耍，好幸運。但時間點對了，因此獨享美景，這又是何等幸福！

我不能免俗的按下了快門，觀景窗框住的畫面看來也許沒什麼了不得，只有映在我瞳仁與心湖中的景色，才是眞正難以言說的美。

另一回，晚飯過後，我沒有吆喝同伴，自己一個人登上船頂甲板。時間是晚上九點，我兀自慶幸船頂沒什麼人。就這樣斜靠在躺椅上，仰首望著毫無光害的星空……這才知道什麼叫「萬籟俱寂」！

月亮像條眉毛似的，朝我善意的彎彎笑著。這一路航程行來，月亮每天多一點、多一點的露面。波光粼粼的河面，別人在品酒聊天，而我仰躺在船頂，靜靜的吸取所有旅行的精華，心滿意足的與自己對話。

繁華落盡後的平靜安謐

誰說行事必得當令？
誰說旅行必得趕在旺季？

十月中，法國的天氣就像個極度情緒化的女人。攝氏十七度的巴黎，簡直稱得上冷。尤其歐洲那種秋意，絕非不乾不脆拖泥帶水之流，要冷就眞的冷。我穿了毛衣加皮大衣，還得戴上帽子才能禦寒。

然而南法可全然不是這麼回事。有天我們到勃艮第參觀葡萄園，氣溫竟然攀升到三十二度。加之以全球氣候紊亂，今年節氣尤其不正常。據當地人說，往年八月早該收成了，今年卻拖到九月。我們到的時候，只剩幾株晚熟的，孤苦無依的兀自懸垂著。於是，在烈日與高溫的作弄下，除了枯葉還是枯葉的葡萄園，正因爲漫無邊際，更加放大了那難以言喻的蒼涼。

我頂怕熱，尤其畏懼頂著烈陽徒步。南法溽暑似的氣候讓我幾乎在深秋「中暑」！

但這看似令人失望的景象，卻也讓我有了一番不同的體悟——

誰說行事必得當令？誰說旅行必得趕在旺季？眼前繁華落盡的葡萄園，不正像是由熙攘喧鬧的盛世，退居平靜安謐的人生另一階段嗎？

就像我此次搭乘河輪，認識了也是從台灣來的吳先生、吳太太。兩人都八十多歲了，相偕走遍世界。熱愛旅行的他們，各式豪華遊輪已乘過不知凡幾，為了嘗鮮，二老特地來到南法搭河輪。

他們那種連年輕人都難以企及的生命熱力，真讓我欣羨。尤其吳先生，今年三月份去南極時，才在冰山上滑了一跤，所以河輪之旅他總拄著拐杖。老妻一路攙持著他，鶼鰈無比情深。我幾次想要偷拍兩人的背影，又怕失禮。最終

取得他們的同意，拍下一張夫妻倆互持著走向古堡的照片。

前方是久經歲月淘洗的古城建築，襯之以蔚藍如鏡的天空——那一剎那，我眞覺得兩老的身影，較之河輪行經隆河谷時，那在河岸邊激情擁吻的年輕情侶，來得更加美麗、動人。

還有一位單獨旅行的李先生，退休的企業家，也已年過八旬。他英、日文都流利，已經環遊世界兩次。最難能的是，那在職場上呼風喚雨的權杖，李先生毫不戀棧，已然交棒給第二代。他打趣的說，把船上當高級養老院，一點也不寂寞。每次出門旅行，就當是交朋友；閒時還能當當月老，替人牽牽紅線，不亦樂乎？

李先生因爲生過大病，開刀痊癒後，說自己容易累，常見他走完一段路後氣喘吁吁。尤其出國旅行，每天都少不了要徒步，其實很是累人。但李先生玩得比誰都起勁，每到一處，他買糖、買小酒、買肥皀、買小紀念品，說是旅行紀念。我倒覺得，他買的更多的是對生命的熱情！

他坐船，喜歡買兩個船位。既能住得舒服，又不必遷就別人的生活習慣。這就像我朋友說的，人到了一個年紀，就該有三不：

不要等、不要省、不要管。

十分慶幸能在河輪之旅中遇到這些「前輩」。行萬里路勝讀萬卷書，誰說人生只有年輕才能精采？只要懂得活出自己的價值，任何年紀，都可以發出「當令」的光采！

能屈能伸的「旅行力」

能有多少人，可以被法國的隆河水淋成落湯雞呢？

南法的河輪，雖然不若海上的豪華郵輪那般龐然不可一世，但就科學與工業設計的角度來說，小小一艘河輪，可也是玄機精妙，令人讚嘆又佩服。

就以我此次搭乘的「A ROSE」來說吧。航程中，必須經過十四道水閘門，也就是說，當河面出現巨幅的高低落差時，必須靠精密的計算與操控，才能使船隻安全無虞的通過；也因為乘坐的是河輪，我才得以近距離的看到人類工程與科技的偉大之處。

我實在太過興奮，像劉姥姥進大觀園似的，拿著相機從船頭跑到船尾，又從船尾衝回船頭，相機連珠砲般拍個沒完；拍得連老外都自動讓位給我這嬌小的東方女人。只要我一拿相機靠近，大家紛紛退讓，把最好的視野留給我。

想來，我恐怕也成了他們眼裡的「奇觀」了。

船隻通過水閘門時，閘門升起的聲響十分巨大，咚、咚、咚、咚，接著河面升高，河輪下降。有人大叫：「water!」我卻渾然未覺，還在忙不迭的拍照，深怕錯失了什麼……

等到回神，來不及了！被閘門帶起的河水如傾盆大雨般兜頭灌下，嘩嘩淋了我一身！

還好相機沒淋壞。

我奔回艙房洗頭洗澡換衣服，心裡竟然沒有半點怨怒，反而因為這無傷大雅的「意外」，讓我半是自嘲半是滿足的笑起來。

本來嘛，能有多少人，可以被法國的隆河水淋成落湯雞呢？

高低落差深達二十六公尺所形成的瀑布，幾乎有九層樓那麼高，而船長先生就安坐在瞭望台上，上升、下降的指揮若定。通過河上的便橋時，因爲船頂距離橋底只有一點點，大家會被諄諄警告千萬別站起來。生平頭一遭，我身處船中，清楚體悟了「小心駛得萬年船」的眞義。

然後，有那麼一天，我實在按捺不住了，經過船長室門口，用我的破英文朝裡面的船長先生喊：

「You are my hero!」

喊完拔腿就跑，太害羞了！

南法河輪上，多半是有錢有閒且上了年紀的歐美人士，我們這幾張東方面孔反而是少數。老外吃自助吧早成了習慣，所以對船上日日都是Buffet不以爲意。但對飲食講究且多元的我們來說，實在有些難爲。還好都是當地食材，新鮮不在話下，廚師在有限的範圍內，烹調出一道道滋味不錯的料理，誠屬難得。

旅行中，我的標準往往自動放寬，不若平日因爲求好心切而錙銖必較。正因如此，我的旅行能力「能屈能伸」，快樂便比別人容易許多。

心上的甜味

吃甜點，某程度像在品味生活的質感。

我有一盒巴黎**Fauchon**的軟糖，裝在深咖啡色的硬紙盒裡。從巴黎買回來以後，我很省著吃，嘴饞時只允許自己取用一塊。慢慢享受反而顯得彌足珍貴，糖果本身的芳甜也不致因爲吃得太多，而被膩口的感覺給破壞。

Fauchon是十分知名的法國食品廠牌，但這款水果軟糖的外觀設計乃至口味，毫不譁衆取寵。簡簡單單的四方形，暗橘與巧克力褐的配色，磚牆一般堆砌在**Fauchon**的盒子裡。小口咬下，酸酸甜甜的味道隨著微彈牙的口感，在齒頰間散漫開來，如果能配上一口茶或咖啡，更能幻化出美妙又幸福的旋律。

我不是個嗜甜的人，但每到巴黎旅遊，總覺得甜點是這個城市無論如何不能錯過的「文物」之一。吃甜點，某程度像在品味生活的質感。而對於做甜點的人來說，我私心揣想，則像展示一種生活態度吧。

我因此從很久以前就學會「敬重」甜點師傅，至少尊敬那份心意。我甚且對朋友說，當甜點上桌，千萬別急著撥去那些也許你看來嫌甜的糖霜、焦糖醬……即便只是一道裝飾在盤邊的拉花，或是纖細如髮的糖絲，可能都是師傅好幾年的功夫。說不定，還能看出做甜點的人當天的心情呢。

稍微正式一點的餐廳，Menu列出的套餐一定都有包含甜點。這種在餐後登場的點心，更是像樂曲的最終章一般重要的存在。有時聽人講起某家餐館，也許主菜味道如何已不復記憶，念念不忘的竟是餐後甜點。憶述起來餘韻猶存，回味再三。

尤有甚者，一家餐廳從前菜、沙拉到主餐可能都不過爾爾，但正當你吃得意興闌珊之際，好的甜點卻可以如春雷般，驚醒你行將睡著的味蕾。果眞如此，那無疑可以列爲旅程中最値得紀念的驚喜之一啊。

A380圓夢之旅

天下既沒有白吃的午餐，
那麼自然也沒有可以輕易滿足的好奇心。

尋常生活中，我算得上是個謹慎的人（謹慎，但不拘謹，更不至無趣）。在自己習慣的軌道上過日子，安分守己。就像我的飲食習慣，不嗜辛辣、不碰刺激性飲品。每當朋友大讚某家餐廳的咖啡如何香醇時，我通常只會舉舉手上那杯溫開水，表示心領神會。

唯一能讓我放膽從自己的「安全範圍」探身出去的，只有旅行。比如說「A380」客機，既然它已悠然在藍空中翱翔，我無論如何不能只當個「聽說」的人。好奇的細胞在我周身的血液裡竄來竄去，我非常想要親身體驗，乘坐當今世上最巨大的飛航機器是什麼感覺。

目前全世界僅有阿酋航空，以及新加坡航空兩家公司擁有A380。然而阿酋往返巴黎的A380票價較爲昂貴，幾經打聽，剛好得知新航推出一套優惠方

案，於是速速託了相熟的旅行社，訂下我的A380「圓夢」入場券。

要滿足我的好奇心，代價可不小。首先，我必須花四個半小時飛去新加坡（回程亦然，再花四個半小時飛回台北）。接著，得耗去七小時轉機時間。換句話說，爲了這「親身體驗」，我足足比搭乘一般客機由台北直飛巴黎的航程，多花了九小時。

天下既沒有白吃的午餐，那麼自然也沒有可以輕易滿足的好奇心。

A380機艙之大，前所未見。就連迴旋手扶梯也比以前乘過任一架客機裡的更爲氣派。最有趣的是，這架飛機的頭等艙座位，居然是一個個獨立的小房間！

眞是大開眼界！

雖說是有門的房間，但也許是基於飛航安全的理由，它既享有隱私，又不致完全的封閉。睡覺的時候，並不是將原本的沙發放平。只見優雅的新航空姐神乎其技的從座椅背後「憑空」抽出一張床來，然後溫柔的替你鋪好墊被，擺妥枕頭、毛毯。不誇張的說，你簡直像身處飛行的飯店房間裡。

商務艙裡，有個酒吧，可供三五好友暫時離開座位，悠哉的小酌一番。至於經濟艙的座位，則比一般飛機的經濟艙寬敞、舒適多多。

餐點的部分，若是對坐慣商務艙或頭等艙的旅客而言，恐怕並無特別值得驚豔之處。

這一趟A380之旅，我滿足了想一窺堂奧的好奇心，但你若問我：「滿意否？」我想答案不一而足。並不是它不夠好，而是旅程中體力、時間的耗費，勢必都得算入昂貴的票價中。

誰說好奇心滿足一定得「滿意」？長年的旅遊經驗，我早早就學會要為代價的付出感到「理所當然」。當你覺得理所當然，就不會引以為苦。否則，一邊走一邊抱怨，錢也花了，到頭來還弄得自己一肚子悶氣，就失了玩要的眞義了。

驚喜與失望的一線之隔

「名不虛傳」的拉麵，受了憤怒的池魚之殃，無論如何都不可能美味了。

旅程中的驚喜與失望，有時僅有一線之隔。

京都的湯豆腐名店，讓我們吃到了名不虛傳的豆腐極品，但配菜卻平凡無奇，失了該有的等級。

不過時隔二日，卻在嵐山一家同樣是賣湯豆腐的小店，吃到了十足美味難能的小菜。的確，若論豆腐本身，還是京都名店勝出。但此間配角的出色，卻更令人驚豔。

又如巴黎，同樣都是米其林三星餐廳，一家餐點棒、服務好，離開前，經理還笑盈盈的問：「您還滿意嗎？」尤有甚者，他還向我們遞來名片，促狹的比著手勢說：

「**Call me!**」

即便土包子如我，也能欣喜感覺到，這是一間讓人沒有壓力的頂級餐廳。

至於稍早之前我們去的那一家三星餐廳，則全然不同。餐食過濃，人情過淡。侍者們從頭到尾板著臉，眞是空有三星名望，卻不見三星資質。

另有一回，也是在巴黎，慕名與友人去吃一家拉麵店。整整排了一個小時，才終於吃到一碗。那滋味，只能以「普通」形容。

而替那碗不怎麼樣的拉麵雪上加霜的是，當漫長的人龍幾近以停滯的速度緩慢的前進時，透過餐廳的落地窗，所有排著隊的人應該都看到了一幅「奇景」——

只見兩張東方臉孔對坐著，桌上杯盤狼藉，顯然已經食畢一段時間。

對於窗外鵠候的人潮，那一男一女完全無動於衷。他們不住的聊天、說笑，時不時還對疲憊的我們投以炫示的眼光。接著，男子起身去洗手間，留在座位上的那位女士，慢條斯理的「表演」著：一會兒擦擦嘴、一會兒又撥撥頭髮，然後，好整以暇看看窗外這群可憐的「觀衆」。

「大小姐就是不走，你們能奈我何！」她的眼神、舉止，相輔相成的這樣說著。

錯把傲慢、目中無人當成「優雅」的那兩人，就這樣蠻橫無理的強暴了我們的精神。

也許正因如此，「名不虛傳」的拉麵，受了憤怒的池魚之殃，無論如何都不可能美味了。

與「對味」邂逅

年代不是問題，
尺寸也不是距離。

旅行，有時是為了培養購物能力。

至少，我個人相信，明智的購物，與旅遊經驗絕對成正比。當你旅行的次數累積了，自然就會養成較聰明、較有計畫的購買習慣。喜歡的地方若一再重遊，也必定更能判斷：什麼是不買會後悔的，什麼又是「擁有不見得比純欣賞更好的」。

就拿巴黎來說吧，猶記得最初一、兩次造訪，在忙不迭的驚嘆與目眩神迷之際，荷包多次在一種神智近乎受到蠱惑的情況下打開……除了買，還是買！

後來，去的次數多了，對於這個喜愛的城市，我漸漸像匹識途老馬，只在自己鍾情的角落停駐、休憩。

我喜歡逛小店，喜歡在跳蚤市場裡探尋，喜歡那種在不經意間，與「對味兒」的東西邂逅的驚喜。年代不是問題，尺寸也不是距離。我從大件家具買到隨身小物，上

海的家中，萬分和諧的擺設著我從法國大型跳蚤市集買來的古董五斗櫃，以及纖細優雅的仕女書桌……不知道是不是因爲在充滿殖民色彩的上海，所以那些帶著古老法蘭西靈魂的東西，才會與現代的沙發、餐桌，莫名的契合。

我還買過古董望遠鏡。仍然具有實用價值的老東西，總讓我更添遐想：它曾經在什麼人的手上持用過？是誰送給誰的？美麗的女貴族，曾經透過它，看過怎樣一齣精采好戲？

而我在紐西蘭買的一串項鍊，儘管只花了區區十元紐幣，但我對它的寶愛珍視，卻無異於名牌珠寶。白襯衫，搭；黑高領，搭；駝色大衣，搭；藍色洋裝，搭。一顆顆由大到小排列的琉璃珠，通透欲滴的紅，不能再簡單的款式，不見半點俗豔的組成一件百搭聖品。

古董耳環、戒指，眞正愛不忍釋的，我也會在細細思量後，精挑細選的買。價格雖然貴，但古董的沉潛、典雅，現代製品有時還是難以望其項背。出席重要場合佩戴，總覺得自己也風雅起來。

旅行中的購物依據，其實不在物品本身價格高低。有時愈是便宜的東西，愈有可能因爲衝動而「瞎」拚。買回家愈看愈不解：爲什麼會買？買來又要幹嘛？

所以，當你在旅途中，爲了一樣物件意亂情迷甚或心蕩神馳時，請保留三分之一的理智，細想買下之後的用途與歸處。想不出來，就暫且留給更適合、更有緣的人罷！

屬於我的度假意義

既是「假期」，
就該「悠閒」以度。

度假的眞義，到底是什麼？

有些人，旅行如趕集、遊玩似拚命。踏進家門，貼紙一般的黏上床，大睡一場。醒來像黃粱一夢，除了血拚後的紀念品，什麼也不剩。

何苦？

我有兩頂遮陽帽，旅行專用。春夏的那一頂，極薄的蔴紗，造型優雅。因爲它輕，不會壓塌頭髮，且帽沿可以完整遮住我的臉。它好摺、好收，壓在行李箱裡也不怕變形。

秋冬，則是一頂帥氣的黑灰色毛呢帽，我總斜著戴，既能遮陽，也能兼顧造型。

這兩頂帽子，有點像是旅遊圖騰。看到它們，就代表我要出門度假了。

既是「假期」，就該「悠閒」以度。平日裡的汲汲營營，是不得已。好不容易放

了假，怎能容許自己再被時針分針給催著跑？

所以，出門旅行，必帶者還有——書。

長程旅行，預計常有獨處機會的，就帶本平常沒時間細讀的長篇小說。比如遊輪甲板，這種全世界悠閒排名絕對數一數二之地，一書在手，長椅上一臥，世間紛擾便與你無涉。我尤其喜歡那種周圍人士都操著外國語言的感覺，度假的氛圍更形清晰。

旅程短，我便帶輕巧易讀的小書。所謂易讀，多半是行文輕鬆，不講什麼人生厚重哲理。你也許可以試著在旅行中，尋一間異國的咖啡館，在聽不太懂的人聲笑語裡，閱讀自己熟悉的文字。一小時或兩小時，你是異鄉風景裡定格的一名旅人，而不只是匆匆復匆匆的過客。

這便是我所謂的「度假」，我所謂的「閒適」。那麼，當我返家，我的形體或許勞累，但我的心，經由旅行的休憩與養護，必定是精神百倍的。

存在心中眼底的印記

本來以為拍壞了的照片，
反而更貼切的詮釋了那份朦朧美。

照片中的我，站在克羅埃西亞的杜布尼克城的街道上，晚上八、九點左右，剛下過一場雨，地上泛著濕漉漉的幽光。

月亮已然現身，高懸在我背後，長巷的盡頭。那景象，靜謐醇淨得彷若時間定格。我把相機遞給朋友，深怕驚擾了什麼似的，悄聲說：

「太美了！快，幫我拍一張！」

朋友依言舉起相機，不知是緊張還是怎的，按快門的時候，她的手晃了一下。相片洗出來，身處前景的我，並不全然清晰，整個場景有種暈染的情緻。本來以爲拍壞了的照片，反而更貼切的詮釋了那份朦朧美。我非常喜歡，遂放大了裝進木頭相框，將杜布尼克的月光，滯留在台北家中的窗臺上。

這些年，來自旅行中的印記，多到不可勝數。一本本的相簿，若久未翻看，恐怕

有些時日、地點，一時半刻還不見得想得起來。我因此提醒自己，玩得慢一點，遠勝浮光掠影、走馬看花。

忘了拍照存留的、難以具象記錄的，就存在眼底心中，至少不怕泛黃發皺——比如那一支在威尼斯小巷裡，邊走邊吃的冰淇淋。我記得它在我的指間留下的香甜，我記得那一天，戴著太陽眼鏡，穿得輕鬆閒適。不太記得的，反而是自己的年紀，只管放懷享受朋友們結伴出遊的幸福歡樂，以及冬陽溫柔的寵眷。

又比如，那一大球在希臘聖多尼尼島買的天然海棉，完全不含人工物料，純淨、柔軟，每用一回，那一日的碧海藍天，便彷若在指間泡沫中重現。

義大利佛羅倫斯的街頭藝術家，有些眞眞令人驚豔。悠揚的琴聲穿窗入戶，於牆柱間迴旋。我循聲走到廣場上，駐足睇聽，後來還買下一張小提琴手自己灌錄的CD。那是聲音的記憶，每當琴聲飄揚，佛羅倫斯的夜晚，便又重現眼前。

日本日光的楓林野溪，則在我記憶的快門裡，映下色香味俱全的一幕。當地人攔溪捕香魚，就近在溪邊的餐廳裡烤著吃。我們每人至少享用了兩條以上。那鮮甜美味，在滿山楓紅裡，更加令人難忘。

凡此種種，不過是旅行中的吉光片羽，但隨手拈來，卻無一不美、無一不可愛、更無一不難得。你說，旅行，怎不令人執著一生，樂此不疲？

加倍的快樂，無價

美好的友情與美食邂逅，
無論如何都值得。

「明天就要回國了，我們放膽奢侈一下吧！」

某一年的歐遊，行程結束前夕，我們一群好友，站在佛羅倫斯一家看來甚是高級的餐廳外，互相慫恿著。

結伴出遊，彼此間敲邊鼓的能力可不容小覷。平日裡個個神清智明的腦袋，先是有異地風情的催眠，再經眾口鑠金的洗禮，本來捨不得花的錢，全衝著友情的面子，瀟灑拋擲去也。

那餐廳內部之絢麗精緻，遠遠超出我們的想像。它甚至有個中庭，布置成中國式的庭院，綠色的植栽此一處彼一處的構築出美麗的視覺印象。每一桌的客人，幾乎都穿著十分正式的小禮服，優雅的或用餐或交談著。

走進去，我們不約而同看著彼此，眼神裡是同一句話：

「怎麼辦？我們穿得不夠『好』耶！」

本來嘛，一群臨時起意的旅人，能打扮得多稱頭？所幸，我們並沒有風塵僕僕的疲態，加之以友伴中，有人那日剛好拿的是名牌包，她還十分可愛的將那尊貴的包包往桌子正中一放，用一種昭告天下的語氣說：「現在，我們只有這個包了！」於是，名牌包頓時成了我們的保護傘，大夥安然在「傘蔭」下就座，開心點起菜來。

此間的餐具，大量運用義大利的特產——玻璃，件件美到不行。擺盤，無可挑；服務，沒處嫌。尤其令我們欣喜的是，它的義大利菜好吃得令人咋舌。儘管所費確實不貲，然而

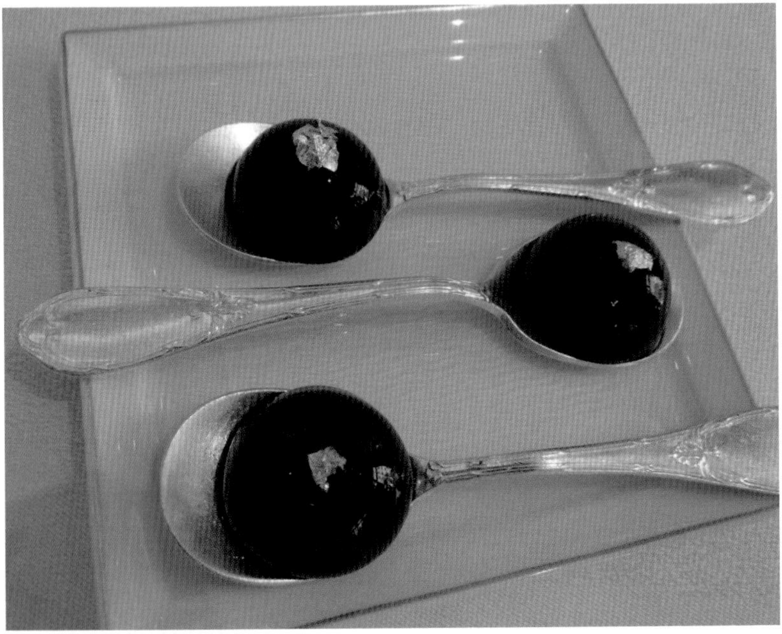

在一間極盡華美的餐廳，酒足飯飽之後，大夥再度發揮互敲邊鼓的長才，振振有詞的說：

「我們可是在義大利耶，多難得！這種機會，多少年才有一次啊！」

也是，友情無價，難能的相聚更不可計量。美好的友情與美食邂逅，無論如何都值。

另有一回，也是義大利，同樣是回國前一晚。我與友伴們在羅馬，居然吃到了非常美味的中國菜。因爲太難得、太高興，以至於我把自己極之鍾愛的太陽眼鏡給忘了，就那麼渾然不覺的留在餐桌上，猛然記起，已在返國途中。

懊惱、可惜，卻也無奈。旅程中遺失自己寶愛的東西，難過的感覺更甚平時。

也許，正因爲出門在外，所以無論快樂、感傷，乃至生氣，常常都是加倍的。

如人飲水，美味自知

當食物入口，與自己「合不合」，
即是「美不美」的唯一重點。

約莫從三年前開始，我的旅行目標有所轉換。購物的想望減少了，尋訪美食的比重增加了。只要聽人說哪裡有好吃的，便如蜂蝶採蜜般，循香而去。

當然，所謂美食，因人而異。別人覺得好吃的，吃進自己嘴裡不見得對味。有回去日本輕井澤，請計程車「運將」推薦他心目中的庶民美食。司機先生一聽臉都亮了，露出「包在我身上」的表情，將我們載到一間蕎麥麵店門口，笑瞇瞇的說：

「歐伊細喔！」

據聞當地人都愛這家店，尤其司機大哥們，要吃蕎麥麵，從來不作他想。

結果，不——好——吃。

對我來說，麵條本身太硬，湯頭也不如何。其上的天婦羅，口感更是普通。我一面咀嚼著嘴裡的失望，一面回憶起某次在代官山逛街，走著走著，不經意抬頭瞥見前方建築物的四樓，掛著蕎麥麵的招牌。

不知道爲什麼，我就這麼受了召喚般的走上四樓，進了那家小店。

無意間中獎的心情約莫如此。它的蕎麥麵，軟硬適中，冷熱兩種食法，我都各嚐一些。無論湯頭、沾料，無一不美。

數年前，曾受朋友招待吃法國餐，地點在日本和歌山。當車子停在馬路邊一棟看來破舊的旅館前，老實說，我的內心瞬間浮起一堆問號。

然而，等我一道道正統法國美食如行雲流水般享用下來，問號全變成了氾濫的驚嘆號！

生蠔、松露、鵝肝——好吃到我不停的搖頭。甚至懷疑它破敗的外觀，莫非是一種刻意營造驚喜的心機？

還有一次，也是在和歌山，也吃法國餐，卻是在華麗莊重的古堡內。那一頓我們吃的是午膳，一個人竟只要日幣三千元左右，但美味絲毫不減。我一樣吃得猛搖頭，心裡嘖嘖驚嘆的是它極其富麗的裝潢與不成比例的親民價格。每看一樣擺設或餐具，我就在心中替店家大喊：

「虧啊！」

銀座鄰近新橋處，有一家西班牙料理，在米其林評鑑上屬二星，但它在我心中是第一名，勝過巴黎的三星餐廳。包括菜單都是精心設計過的，非常美麗。我愛它源源不絕的創意與細膩的美味，尤其是一小口一小口放在湯匙上、讓人淺嚐即止的分子料理，更是我的最愛。餐後十種甜點，精緻細膩不在話下。

什麼叫美食？我以爲是：如人飲水，冷暖自知。當食物入口，與自己「合不合」，即是「美不美」的唯一重點。像我，不嗜辛辣，蔥、蒜無論生熟，半點也碰不得，洋蔥只接受煮過的，是很多人眼中的怪物。但普世之大，美味之多，我還是能悠游於世界各國的美食中，自得其樂。

五星級的機上美容

靠自己的用心與不厭其煩，
好好「享受」長途飛行。

每回去紐約，總是搭深夜的飛機。在台北好夢方酣時離去，從小小的舷窗俯瞰自己生活的城，零星的光點在墨黑的街景裡亮著……我總有一種寂寞交雜歡愉的矛盾心情。

這一次尤其明顯。十一月中的台北，時冷時暖，出發的這一夜，恰遇冷氣團來襲，沒有其他旅伴，我獨自在國際機場候機、登機。難得的不為公事、沒有特定目的，只是單純的去看望小輩們。再說，從前訪紐約，總是三、四天，來去匆匆。此番我特意排了十天假，扣掉去、回程，可以整整在當地待上八天，時間上堪稱奢侈。輕鬆，放大了；而寂寞，也因為一個人旅行的緣故，直到啓程的前一刻，還依依不捨的緊跟著我。

所幸，上了飛機，旅程在空姐親切的問候中進入較為熱鬧的階段。這一回，我留下了寂寞與冷清，帶著幸福的心情，開始享受接下來十五、六個鐘頭的飛行。

「享受？」曾有讀者困惑的問我，「長途飛行最累人了，做什麼都綁手綁腳的，睡也睡不沉，又有時差，到底怎麼做才可以用『享受』形容啊？」

讀者諸君，我此文便爲解惑而寫，並且將私房小物公開，您或許就可一目了然了。

首先，是我的小枕頭：紫色格子，中間繡著幾朵小花，這充滿著鄉村情調的物件，是我多年前在法國鄉下買的。因爲它小得剛剛好，又輕，此後便成爲我不可或缺的旅伴。上了飛機，它便是我用以「搞定」座位的第一步。有時不見得總有多餘的枕頭可要，自己備妥則萬無一失。再說不只飛機上，我這小枕頭到了旅館飯店一樣好用，從來不怕店家的枕頭太軟或太硬，墊上它就剛剛好。

接下來，我得「變裝」。爲了舒適的長途飛行著想，登機時的正式服飾必須換下來。什麼時間換呢？在飛機升空，進入平穩飛行，請繫安全帶的指示燈滅了以後。那個時間點比較沒人使用洗手間，換衣服不致造成他人不便。我會改穿一件連身的、附有大大帽兜的長洋裝。淡粉紅色，薄羊毛，舒適保暖又不致失禮。洋裝內搭一條十分寬鬆的絲質長褲。此外，擔心下機時頭髮扁塌，所以頭頂的部分頭髮我會用髮圈束起來，以維持髮型。我愛漂亮，堅持「即便在飛機上也不可以醜或邋遢」！

臉上的彩妝，早已趁登機前的空檔卸得乾乾淨淨，並將潤澤的保養品擦了個通透！誰都知道機艙內的空氣十分乾燥，倘若偷懶，保養沒做足，十數個小時下來，莫名其妙的皺紋又多了好幾條。如果情況允許，我甚至會敷臉，薄薄的保濕面膜與臉龐貼合，帽兜拉上，根本沒人看到我在幹嘛。二十分鐘後取下，神清氣爽。

藉由上洗手間之便，我會將肚皮、臀部都擦上面霜，以免乾癢。回到座位以後，雙手擦上護手霜，再戴上棉質手套。整套保養程序，到此算是大功告成。

看起來好像費力耗時，其實做慣了也不覺煩瑣。倒是有回我這套「防禦工事」，讓鄰座旅客大開眼界。對方饒有興味的看我忙完一輪，既羨慕又佩服的對我說：

「看妳皮膚這麼好，原來是這樣保養來的！」

我哈哈一笑，心下頗為自得。

外表搞定，腦袋可也不能閒置。我的隨身行李中一定有書，且總是平日裡無法細讀的小說或長篇散文一類。讀讀書、看看電影、吃兩頓飯，睡上四小時（有時吃半片安眠藥，或可睡上六小時）。時間就在「忙碌」中度過，長途飛行何難熬之有？

在飛抵目的地兩個半小時前（約莫是早餐前的空檔），我會將連身洋裝換下，改穿下機時的服裝，再好整以暇重新化上淡妝，輕鬆愉快的吃完早餐，等著下機。

這就是我所說的「享受」。明明只是靠自己的用心與不厭其煩，卻得到像是被專人伺候般的待遇，多超值啊！

啓程，爲了一場感動

不再為了出國血拚而興奮，但愈來愈願意為了一間餐廳或一處仙境而啓程。

最近這幾年，也許是因爲漸長的年紀引至心境的變化，然後，心情影響生理，我的旅行，慢慢走出一種看似矛盾、實則有趣的步調來。

怎麼說呢？現在的我，若要逛街買東西，不到兩小時便體力耗盡，呈現腰痠背痛、頭昏腦脹的景況。但若是遊山玩水、賞景嚐美食，我則可以從早到晚，六、七個鐘頭依然神采奕奕，不顯半點疲態。

檢視行李，旅行中買回的衣飾一次比一次少，相機裡的回憶卻一次比一次豐厚。我對旅行的熱愛，不減反增，所以開始懂得「慢遊」的好。不再爲了出國血拚而興奮，但愈來愈願意爲了一間餐廳或一處人間仙境而啓程。甘願爲了那僅僅數小時的盤桓，付出時間、金錢，以及——完全淨空的心情。

年初，我與女兒到新加坡住了兩個晚上。新加坡？聽來不太像旅行熱愛者的選擇。尤其對我這種已然「精益求精」的旅人來說，踏入獅頭魚身的國度，必然是爲了那令人怦然心動的理由——美食。

我們拜訪的餐廳，雖未曾參與米其林的星級評鑑，然其名聲早已在老饕間傳開。爲免向隅，我在一個多月前就訂了位：晚餐時段，六點半，兩個人。

那是一間小洋房，座落在小小的庭院中。門開處，台灣籍老闆江振誠，與他美麗的韓國妻子並肩站著，一起帶著溫煦笑意，謙和的迎接客人。

按常理推想：高高在上的老闆娘，又是韓國名模出身，應該是光鮮亮麗，鶴立雞群一般在自己的王國裡昂首闊步，頤指氣使。但我們看到的江太太，沒有招搖的冠冕，反倒穿著與服務生一樣的灰色，完全融入員工之間，招呼、打點，低調卻又難掩其獨特的清新氣質。

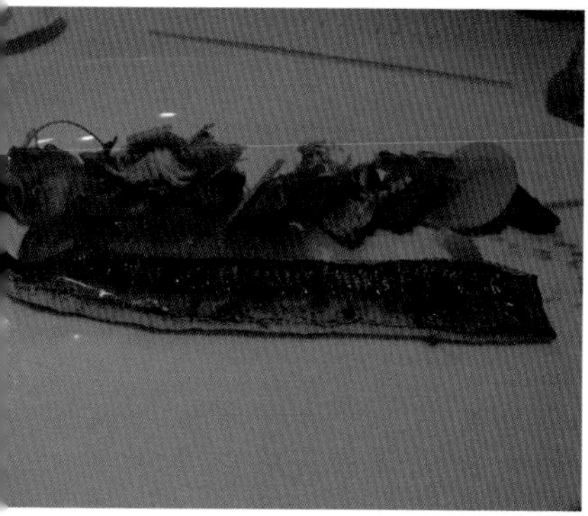

三十位客人，是這間餐廳的接待上限，爲的是控制所有服務項目的品質。我們去的那日，樓下房間被一位西方人士包下了，於是母

女倆在二樓落座。倒L型的空間，最裡面是廚房，整體動線設計十分流暢。視線所及，最美莫過於一扇扇的格子窗、桌上的鮮花、蠟燭、泛著歲月光澤的地板……所謂美感，是藝術能力，而無關金錢。

沒有菜單，無須點菜，所有客人吃的餐點都一樣。濃郁醇厚的頂級松露香味，尤其令人一嗅難忘，恰似全套美饌予人的感覺——感動、佩服、妙不可言。也因爲食物太精采，我們深覺不點酒委實失禮，卻又礙於沒有酒量，所以點了一人一杯，只求一個相得益彰！

多達五、六樣的甜點，是

經過精心設計的安可曲。當用餐接近尾聲，戴著主廚高帽的江振誠，親至每一桌向客人問好。我們如粉絲般爭著與他合照，對於老闆的柔軟身段與謙虛友善，實在由衷佩服。

這是一間充滿「人味」的餐廳。

當我們要離去，仍是一身廚師服的江先生，與夫人一起送客到大門口。江先生身形高大，穿戴起雪白的主廚高帽與衣服尤其好看。我們坐進計程車，回身看著夜色中，站在餐廳門口揮手的老闆夫妻，襯著他們背後那美麗的洋房、院落，感覺眞像到老朋友家吃了一頓美味溫馨的晚餐。

愉悅、驚豔、回味無窮——

雖然沒有參與三星評鑑，然而新加坡的這間餐廳，卻已然躍升爲我心中的超級三星！

關於「運氣」這回事

不圓滿，
也許正是下一趟旅程的理由。

做了多年旅人，對於「運氣」這回事，實在不得不甘拜下風。別人去非洲三趟，始終與獵豹緣慳一面；我初初造訪，便有幸近距離目睹獵豹英姿，甚且看到被那美麗的猛獸吃到一半的獵物，血肉淋漓，展示品似的晾搭在一旁。

從前在書裡也寫過義大利的「藍洞」——有人想出海，卻因爲天候不佳，小船禁止進入，於是敗興而返，什麼也沒看到。我呢？日麗風和，藍洞裡的光影，像塊晶瑩剔透的連城寶石，美得令人屏息。

然而，關於北極，我的運氣可就沒那麼好了！

我曾在七月盛夏到過北極，雖是夏天，仍然天寒地凍！抵達時已下午，沒什麼可玩。早我們一天來此的旅客，正開心的檢視著錄影機裡的拍攝成果，我好奇的湊過去瞥了一眼，只見他們興奮的嚷：「北極熊！北極熊！」我沒有半點豔羨，心裡很是篤

定的告訴自己：

「不急，不急，我明天一定看得比你們還過癮！」

飯店旁只有兩家餐廳，一間西餐，另一軒則是日本料理。草草吃了飯，便在無盡的永晝裡拉上窗簾，上床休息。

第二天，天氣不好，北極熊也杳無蹤影。我難掩失望，無言的在半路上拾起一塊長約二十公分的枯木——米白的顏色，一端隆起如丘，餘則平整，乍看有點像中國古代的如意。細看它的紋路，層層復層層，縝密的線條壓印著歲月的軌跡。它甚至無須清洗。我拿在手上，愛不忍釋。想想看，此物實非等閒，它可是北極的漂流木啊！在我邂逅並將之拾起之前，它不知已在那一方天地間盤桓了多久？經受了多少永晝？

地球暖化，北極熊生活的大塊浮冰愈來愈難找。據聞就連牠們的主食——海豹幼獸，也在急遽減少……原來我根本不該如此篤定與無知，以為自己「隨便」就能看到北極熊雪白厚實的身軀！這更加凸顯了我在非洲的運氣，以及我與那酷熱大地上的野生動物的難能緣分。

第二次去北極，想看極光，所以挑了冬天。然而在那個十月底，在我們停留在北極的那兩日，北極光始終沒有出現。不得已收整了行囊，往下一個目的地走。

我與女兒的班機在次日一早，其他朋友們則必須搭乘當天半夜的飛機。那一夜，當我們母女在飯店床上安然進入夢鄉時，朋友們卻在趕往機場的路途中，毫無預料的，見到了北極光！

據說，當時他們在車上，大叫大笑，指著美麗如帷幕的極光，開心到幾乎要哭出來！早已放棄希望，以為緣慳一面的世間極景，就這樣出現在眼前！

能說什麼呢？除了運氣還能有別的解釋嗎？我啞然失笑，只能在心底告訴自己——

不圓滿，也許正是將來理直氣壯舊地重遊的理由罷！

PART2

非洲 · 繽紛

小小的幸福居所

在這原始且荒僻的國度，
吃飽才是生存的第一要務。

在非洲馬賽馬拉族的價值觀裡，牛是最重要的資產。重要到被視爲嫁妝看待的牛，其實並不肥碩，胸腹之間的肋骨歷歷可數。白日裡在空地野放的牛，每到日落，馬賽馬拉人便萬分珍視的將牠們豢養在院子正中央。人住的簡陋土屋在牛圈外圍成一圈，其外再以枯樹的枝枒交叉圍設。如此雙重防護，才能確保夜晚不會有猛獸偷襲牛隻。

我們這群遠從台灣來的旅人，被帶進部落裡參觀。牛尿加上黃土，使得地面幾乎是沼泥一片。土屋前後通風，終日燻燒著不知是炊飯抑或驅蚊的白煙。在我們這些城市鄉巴佬眼中看來「不堪」的居住環境，馬賽馬拉人卻是很甘之如飴的世代傳承著。

行前，我特意帶了許多原子筆，膚淺的想著部落裡小朋友讀書寫字，這方便的文具應該是不錯的禮物。等到親眼見識馬賽馬拉人的生活方式，這才醒覺，自以爲是的

給予有多麼不切實際與可笑。來自文明的書寫工具，半支也送不出去。

反倒是我本來爲自己與同伴們準備的零嘴：小魚乾，讓部落裡的孩子眼睛發亮。

因爲再三被過來人警告，非洲的飲食安危不可小覷，出國前我預先炒好了一大罐的小魚乾，想來肚子餓時，這富含蛋白質與鈣質的美味，許是不錯的點心。

當原子筆因爲我的無知而羞赧的躲在包包裡時，我手心裡的小魚乾，卻在意想不到的狀態下，成了給孩子們最好的禮物。他們自動排成一列，不爭不搶，不擠不鬧，一個接一個，魚貫的從我手中接下一小把一小把的小魚乾。黝黑的小臉因爲吃到異國美食而閃動著晶亮的神采。食畢，個個笑出一口白牙，滿臉幸福。

是啊！我幡然醒悟，在這原始且荒僻的國度，吃飽才是生存的第一要務。對這些日復一日，不斷與野生動物上演物競天擇戲碼的人類而言，有什麼比吃飽、活下去更重要！

猶記得非洲之旅剛開始時，車子行經較為熱鬧的市區，透過車窗，我看到黃土地上立著一間間顯然是新蓋的小房子；因為很小，又實在密集，我遂脫口問：

「蓋那麼多公廁要做什麼呀？」

經導遊解釋，才知自己失言。原來，那一間間狹似廁所的房舍，卻是當地人能夠住得起的上等好房。我立刻羞紅了臉，為自己的無知感到罪疚。可想而知，這一向以來，我是多麼的嬌生慣養，才會那麼自以為是的對別人的文化妄下斷語。

細看黃沙飛揚中的那些小屋；那些對當地人而言，已足稱幸福的居所。我質問自己：

「到底是戴了一副怎樣的眼鏡，才會以俯角看人啊？」

旅行，正是因此教育我，使我因此看見這地球上，其他人類的世界，使我成長並且謙卑。

原始與文明的衝突之美

仔細想想，非洲之旅正是在極度的衝突條件下，所以引人。

在非洲旅行，我總會心甘情願的調整自己的適應性。比如：野外上廁所不方便，早上出門前就盡量少喝水。害怕烈日灼身，防護工作就得想辦法做足。我把自己包成足堪養蜂採蜜的模樣：寬沿帽外罩大絲巾，裡面再戴上口罩，只剩雙眼微露。更別提那超高係數的防曬乳，早早便擦了個滴水不漏。太陽眼鏡、一雙十元台幣的棉質工作手套、長袖、長褲，外加好走的橡皮底球鞋……著裝完畢，朋友們笑說我這副尊容像極了「蚵女」！

管它「蚵女」還是「蜂農」，無所謂，享受旅行、拓展視野的同時，我可不能把最引以爲傲的美膚「獻祭」給非洲大地。

吃在非洲，也許令人疑懼，但除了行前必須將如瘧疾、黃熱病等相關預防針悉數注射完畢之外，由於我們參加的是旅行團，全程除了兩夜入住帳篷與樹屋之外，其餘都是在飯店。三餐皆是肉食資源豐富的Buffet，加之以青菜、水果，營養也算均衡。

像我，大塊肉少食一點，麵包、蔬食多取用一些，業已足供一日所需。

水很重要，但我既非駱駝，素來又以小膀胱自知。是以我會將一日所需水量集中於晚上行程結束，返抵飯店後。此時我才敢放心喝水（瓶裝礦泉水）。否則，白日裡爲追逐動物，乘車在大草原上奔馳尋覓，若要強忍尿意，那可是既不健康又壞心情的蠢事。

至於帳篷與樹屋，並不若字面看來那麼原始，反而算得上方便、乾淨。你大概很難想像這兩種居處都有設置抽水馬桶吧？此乃因大英帝國在非洲狩獵的歷史十分悠遠，凡事重禮節，講究場面的英國人，當然早早便將便利的民生設施，盡其所能地移植到了這原始大地上的落腳處來。

仔細想想，非洲之旅正是在極度的衝突條件下，所以引人。旅人們既然想以眼、以心，貪婪的涉獵這地球上，少見甚或絕無僅有的自然萬物之美，就必得放下尋常時日裡，慣於享用但往往不知珍惜的事物。

當一件平常你已習慣到成爲反射動作的事（比如按下抽水馬桶），在非洲草原上變得幾近荒謬時，就會知道，人生其實多麼該感恩啊！

驚奇優美的草原王者

當獅群從車隊前經過時，你真的只能默聲目送這草原上的王者家族……

豔陽炙射，大地像個鐵盤似的，不遺餘力的蒸烤著其上萬物。青草混著泥土的淡淡腥羶，裹覆著走獸們的毛皮與足跡，在高溫裡翻滾蒸騰著。

我就在這片原始且野性的非洲草原上，接到妹妹遠從台灣打來的電話。

「怎麼樣？有沒有看到很多動物？」拜現代科技之賜，妹妹的聲音清晰如在咫尺；我甚至能想像她正享受著冷氣的舒服樣。

「多啦！」我說，「就在剛剛，斑馬滿『街』跑啊！」

妹妹喜愛動物，尤其是斑馬。她在電話那頭興奮難抑的叫起來，羨慕極了。我總算稍稍平撫了烈陽下與不停塗抹的防曬乳一同堆疊的燥熱難耐。

我們一行十二人，分乘兩部吉普車，在草原上汲汲尋訪野生動物的身影。開車的都是當地的馬賽馬拉人。他們的眼力極好，加之以經驗導航，並以對講機互相通報。還有其他遊客所乘的吉普車，也在互通聲息的網絡中。只聽得兩台車上驚呼聲此起彼落……豈止斑馬滿街跑；還有長頸鹿施施然行過，而我們運氣好到，連獵豹都見著了——

本來以爲獵豹應該很遠的我，一逕拿望遠鏡朝遠處梭尋著，殊不知牠其實離我們很近！當大夥驚呼起來，我還急急切切的嚷：「在哪裡？在哪裡？」

牠就站在草原隆起的蟻丘上，睥睨昂藏。對照起那些群體行動的動物，成年後便獨行的豹，尤其顯得孤高難馴。牠的身形、毛皮，以及眼鼻間特有的黑色「眼線」，使其即便是靜立，亦自有帝王之姿。奔跑起來，每一步的躍動，那從肩胛到髖骨到足趾的線條，眞眞只有「優美」「驚奇」可以形容！

我們甚且看到伏蟄於樹梢枝枒間的豹。透過望遠鏡，清楚見其身旁披掛著吃了一半的獵物，敞開的骨肉間兀自滴淌著紅豔豔的鮮血……那一幕，不會覺得噁心，反而更加知曉自然萬物不可小覷輕忽。物競天擇，人類既是其中一環，就得學會心存謙卑，師習萬物。

野生動物的世界裡，只求如何強壯、如何存活。比如獅群，母獅負責打獵，公獅則職司保護。我們在馬賽馬拉，見過幾次獅蹤，大夥循例又是一陣驚呼，然後快門喀擦喀擦響個不停。

當獅群從車隊前經過時，你眞的只能默聲目送這草原上的王者家族，心裡的激動混雜著敬意，久久難平……

眼看獅群過去了，大夥正要開始說話，我隱隱覺得有個細小的聲音，便說：

「噓，走秀還沒完呢！」

不一會兒，只見三隻母獅，口中各叼著一隻小獅，從車子右前方的草叢內走出來，邁著一式緩慢卻強有力的步伐，經過我們眼前，然後，又消失在左前方草叢中——

「你們運氣未免太好了吧！」聽聞我們經歷的朋友，莫不這麼豔羡著。

都說到非洲看動物得碰運氣，有人連去三回，始終與美麗傲世的獵豹緣慳一面。

而我們，卻獨享飛禽走獸的絕妙舞姿。眞是，得老天厚愛，不驕傲也難啊！

天光乍現時，升空！

成群渡河的蹬羚，在湍湍急流中履踐著逐水草而居的生存法則。

被從被窩裡叫起來的時候，我眞有種前一秒才剛睡著的錯覺。萬分不情願的看看飯店床頭的電子鐘：凌晨四點！

我與朋友們在非洲，爲了乘熱氣球，這一天得摸黑起床，好趕在天亮氣溫上升以前，飛上天！

非洲草原的日夜溫差不是普通大。黑夜與黎明交界時分的青黃不接，更是冷冽。跨進吉普車前，我抬眼看了看，幾朵戀戀不捨的星星猶在天邊閃動著。大多數的飛禽走獸還在夢寐中吧，我想。

好罷，既然特地要從高空俯瞰動物，當然得比牠們早起囉。

以前從照片或影片上看，總覺得熱氣球小巧玲瓏。到了現場才知，此件浪漫的飛行工具，實則十分巨大。一隻氣球，已足夠乘載我們十幾個人！

更有趣且想像不到的是，所謂熱氣球的吊籃，其實很高。我們是從放倒的籃口，依序爬進去的。待大家都扶穩且站定了，工作人員才將籃子扶正，準備「起飛」。

升空前的每一步都攸關安危。只見我們這隻氣球的白人船長神情嚴肅專注，謹小慎微，弄得我們也不敢嬉鬧談笑，只得緊緊盯住工作人員的一舉一動；空氣中隱隱晃漾著既興奮又緊張的情緒……

點火、升空！

工作人員在地面上向我們揮著手，然後愈變愈小……

據聞熱氣球在天空翺翔的高度，剛好超越了人類懼高的極限。也就是說，當熱氣球爬升到一個定點，平穩且緩慢的在空中移動時，就算你俯視眼下大地，也不會感到驚懼不安。

天亮了，站在中間操控氣球的船長，緊繃的

神色早不見了。他開始談笑風生，向我們介紹腳下在晨曦薄光中現身的動物們。

我們看到成群渡河的蹬羚，在湍湍急流中履踐著逐水草而居的生存法則。水花四濺，體弱不濟的或不慎失蹄的，只得任憑急流吞噬。至於安然渡河者，上了岸，抖甩掉身上的河水，就漠漠然跟著隊伍走了。

殘酷嗎？大自然本是如此。適者生存，不適者淘汰，對萬物而言，莫不是「有犧牲，才有前進」。取捨平衡之際，換得物種的延續。

飛行間，天光益發透亮，愈來愈多的動物在非洲大地上現身。長頸鹿引頸慢食著牠的樹葉早餐，狒狒互相抓搔著身上的寄居客，斑馬群蹄奔騰……

我們簡直像在高空，以俯角欣賞躺放於草原的無限大電視螢幕，播映著動物星球頻道，還是3D版。

然而驚喜不止此。當我們緩緩下降時，從空中往下看，降落點四周停置了許多吉普車，護圍出一大片空地。空地上擺放了長長一列餐桌，雪白的檯布上，正中鋪設一條紅色旗巾。餐盤、刀叉、酒杯，已然各就各位。廚師們正忙著烹煮著我們的早餐……

遠遠的角落裡，佇著兩支碩大的雨傘，用以遮蔽，好讓人可以如廁。

此際已是全然的白晝，我們安然由空中回返大地。在明亮卻不褥熱的晨光中，享用火腿、吐司、煎蛋、茶、柳橙汁等再尋常不過的西式早餐，卻因身處非洲草原，想想多少野生動物就在同一片大地上，眞眞浪漫已極。

這一趟熱氣球之旅，一人要價四百美金（合台幣約一萬二），的確消費高昂。但論經驗之難得、高空眼界之開闊，論人生樂活——我只能說，實在値得！

樹屋一夜

我仍是我，仍然一介異國百姓，
仍然盡享平凡的自由。

西元二〇一二年，適逢英女王伊莉莎白二世登基六十周年。報章上刊載著女王二十六歲時，初即位的照片。彼時她芳華正盛，身披皇袍，頭頂華冠，年輕的眸子溫柔卻也堅毅。我不由得想到那則關於女王登基的故事——

據聞，當年伊麗莎白本來正在非洲行訪，落腳於樹屋。不想父親英王突然駕崩，公主隨即即位。於是，「進樹屋時是公主，出樹屋時已是女王」的戲劇性改變，此後便爲人津津樂道著。

而我呢，小小一介異國庶民，藉旅遊之便，遂也曾在旅行非洲時，住進了樹屋。而且，正是黃袍加身的那一間！

樹屋間架設著穩固的木橋，行進間別有一番野趣。而高度果然帶來不可思議的安全心態，明明距地面沒多遠，卻只因爲脫離地表，那種可以在置高點觀望一切的人類優越感，便油然而生。

轉念想想，其實挺耐人尋味——誰知道蟄伏於周圍的野生動物們，不是在用一種調侃嘲諷的眼光，看著我們這些自以為了不起的、在高處走來走去的「美食」呢！

樹屋前有個碩大幾近無邊的池塘，是天然抑或人工，不可考。託此方塘之福，別說天光雲影了，幾乎二十四小時，都有不同的動物為了水源至此盤桓徘徊。我就在睡不安穩的半夜，見過十數隻水牛與蹬羚來塘邊飲水。昏寐寐的月夜闇影中，動物們群聚喝水的聲音分外清晰。

那景象，恰似一夜在馬賽馬拉河畔的飯店裡，我也是受了某種奇異聲響的吸引，循聲走到窗邊，驚見約五十隻以上的河馬，群集在河畔……

想來，非洲原野上，萬籟並不俱寂。

次晨，自樹屋中走出，伸個懶腰，對自己莞爾一笑。樹屋一夜，公主變女王；而我仍是我，仍然一介異國百姓，仍然盡享平凡的自由。比起生來便須憂國憂民的女王陛下，我委實幸福難喻。

樹屋以外，我還曾在非洲草原上住過帳篷。為保障旅人的安全，帳篷周圍不但架設著鐵絲網，還有當地壯漢荷槍實彈的巡邏。草原上日夜溫差至距，夜裡帳篷冷得像過冬一樣，所以床上都給發了熱水袋。鐵片做的，有個簡單的布套。我在其外又加包了一層毛巾，然後才放進被窩內，保暖效果倒是不差。

只是夜宿帳篷，又是在群獸環伺的非洲草原，到底難眠。我煎魚似的在床上翻騰了一夜，終是耐不住，一大清早就起來了。

往帳篷外一探，天似乎還沒全亮，漸漸地太陽現出全身，周圍景緻實在很美，美到我不忍出聲。

我看到一隻鳥，一隻足足有半人大的鳥。粉紅色的羽毛，鮮黃色的鳥喙，在晨曦中靜佇……

牠一動也不動，我揉揉其實並不惺忪的雙眼，幾乎要以爲那是假的了。然後牠倏的抖振了一下豐厚的羽翅，轉動了一下頭頸。我這才確認，牠是眞鳥！

太美、太詭異。這晨光中的邂逅——與一隻即便野生鳥獸圖鑑也不見得可以查考的非洲嬌客，在這片曾經屬於英國女王的土地上。

或者，我應該說，非洲大地從來不曾眞正屬於誰，動物們才是這美麗且殘酷的大地永遠的主人。人類啊，全是來作客的！

當年自樹屋中步出，以年輕女王之姿接受萬民擁戴的伊麗莎白，而今高齡八十六，冠冕下的華髮掩藏多少皇室滄桑！而動物世界不變的廝殺、捕獵、遷徙、傳承……月升月落，我想知道的是：

究竟哪一邊的世界比較快樂？

溫習滿眼的斑斕

關於色彩的記憶，
無疑正是非洲之旅的複習。

一張木頭三腳凳，擺在我臥房角落，三、五年了。

說是角落，卻是正對房門口，視線上最醒目的位置。有時在書房與朋友喝茶，臥室門沒關，總有人會注意到那張腳凳；我便取來讓人細看，順道再說一次它的來處。

「非洲買的，」我說，「所以很非洲。」

座面是一張深茶色野牛皮，三隻粗短的腳則被做成斑馬足，黑白的紋理十分逼眞。配上毛色沉潛的牛皮，不覺粗霸，卻極富野趣。

這樣一件地方色彩濃烈的藝術品，眞要人猜度它的來處，十有八九是不會猜錯的罷。

就像我在馬賽馬拉族的村落外，那幾乎稱不上市集的攤位上，購買的串珠項鍊。紅、黃、藍、黑、白，一圈又一圈，細小的珠子密密層層，毫不遮飾的原色，堆疊在

一處出現，已不是「大膽」可以形容！

而我，受了非洲烈陽的蠱惑，一口氣買了好幾條。想不到回來卻是無處施展……就連搭配黑毛衣、白襯衫都似嫌太過。只得收進盒子裡，想起時，再把那滿眼的斑斕拿出來溫習一番。

事實上，關於色彩的記憶，無疑正是非洲之旅的複習。

難忘初見肯亞的紅鶴群時，因爲先是自遠處不經意的一瞥，剎時間竟誤以爲那是一條圍繞著湖泊的粉紅色緞帶。待周圍衆人驚呼：「紅鶴耶！那是紅鶴！」我睜大眼定神細瞧，嘴邊竟不由自主迸出：

「開什麼玩笑！」這樣的自語來。

數量多到令我錯覺是環湖緞帶的紅鶴群，眞眞應了數大便是美。紅鶴愛吃一種紅色的藻類，因此成就一身漸層的亮粉紅。衆鳥群集時，更加美豔絕倫！

牠們在湖中飽食紅藻，一面還得留意天敵狒狒。有時毫無預警的，倏忽群翅振起，粉色的羽翼如紅雲般遮去大半天空！那種視覺上的震撼，久難平復……

因為實在太美，次日我們遂又回到湖邊，只為再複習一次那見過便難忘的美景。

另有一種大紅，代表生存權。馬賽馬拉人穿著紅色衣物的目的，是為嚇阻獅子等猛獸，意謂：「這是持有長矛的人類，滾開！」

也去看了受人豢養的犀牛。走進圍欄內，腳下的厚底橡膠靴便陷入苦戰，完全不敵那濕濘黏膩的泥土。它們一大塊一大塊的嵌進靴底的縫隙中，恰似犀牛身上深如刀鐫的肌理紋路，是一種受囚困且寂寞的、揮之不去的褐黑色！我們終究不能免俗的，搭扶著犀牛的脊背，各自與牠拍了合照。

就這樣，五顏六色、七彩繽紛，都在非洲這片看似荒蕪的土地上綻放著。溫習顏色，便溫習了我的非洲之旅。

史上最有價值的飛行

要回家很令人興奮，但大夥一想到那一路上的顛簸窒礙，沙塵蔽臉……

周遊世界各地，搭飛機自然是再家常不過的事。但在非洲，卻有兩次特別的經驗，值得在我來來去去的飛行里程中，註記留念。

一回是在奈勒比機場，我們一群人準備搭機返台。朋友B咕噥著說到非洲不買咖啡豆太可惜，何況機場旁賣的肯亞咖啡豆，一包才十元。於是大夥辦好手續，登機證都拿到手了，同行的兩位友人，趁著時間還充裕，便好整以暇的逛起機場外的店家，買起咖啡豆來。

他們買得十分過癮，然後在登機時間前抵達了登機口。此時，莫名所以的事情發生了。

航空公司的工作人員，鐵著臉將他們給攔了下來。

「你們不能登機！」對方說，「我們已經客滿了。」

「為什麼？」朋友驚詫得目瞪口呆，他看看手上的登機證，「我已經Check in了，為什麼不能登機？」

「這班機已經滿了，你們可以搭明天的班機。」對方居然建議。

「我的行李、朋友，全在這班飛機上啊，我要怎麼多留一晚？你是在開玩笑嗎？」英文向來流利的朋友，氣得臉都綠了。

讀者諸君，您沒看錯。這事千眞萬確的發生在我朋友身上。明明手續都辦妥了，卻在登機口被以客滿為由擋駕。奈勒比機場行政效率之差，可見一斑。

此事的結局如下：一陣喧騰之後，正在機艙裡看書的我，見到這個要買咖啡豆的朋友，趾高氣昂的走進來。

「我升等啦！」他說，朝我揚了揚手上的登機證，「吵出來的！」

然後，他跟我說了上面那個不可思議的故事。

另有一回，我們一大群人，預計次日要從馬賽馬拉往回走，好至奈勒比搭機回國。要回家很令人興奮，但大夥一想到那一路上的顛簸窒礙，沙塵蔽臉；將近一天的車程，那一整車不年輕的骨頭，怕不都要給折騰散了。

正在苦惱的當口，我無意間瞥見一架小飛機，停在空地上。靈光一閃，遂請身邊英文流利的朋友，陪我到櫃檯問問。

「請問這飛機有載人嗎？」我們問。

「當然有。」櫃檯的小姐說。

「到奈勒比的話，一個人要多少錢？」

「一百三十元美金。」還好，不是很貴。

「那……這飛機可以載多少人？」愈來愈有希望了。

「連駕駛在內，十四人。」小姐一答，我心想，根本就是天意。我們一行，不多不少，剛好十三個。事情還能更恰如其分嗎？

於是，我自作主張，替公司同仁包下了那架小飛機，因此還獲得些折扣。約好第二天登機時間，朋友與我不動聲色的回到住宿處，半點口風也沒露。

次日一早，大夥滿面疲憊的搬著行李，想必是那即將展開的舟車勞頓，讓人難展笑顏。我按捺著小孩兒般的調皮心情，等把大家帶到了停機坪，才開心宣布：

「今天，我們不坐車了。」我笑，「我們要坐飛機。」

「飛機？」眾人一臉狐疑。

「沒錯，」我指指昨天那架小飛機，「昨天被我們包下來了！」

團員們先是一愣，接著爆出一陣歡呼。看到大家這麼開心，我比隱藏驚喜時還要快樂好幾倍。

吉普車換成小飛機，十數小時的折騰顛簸換成快速平穩的空中飛行……當我們平安抵達奈勒比，距離從馬賽馬拉出發，只花了一小時！

平白多出的十幾個鐘頭，我遂利用來在機場旁的旅館盥洗，甚至小睡了一覺。然後舒舒服服、神清氣爽的登機。想到爲自己及大家省下的時間與精力，這一趟馬賽馬拉到奈勒比的包機之旅，眞是史上最有價値、也最划算的飛行里程了。

PART3

法國 ·沉醉

穿著不需要信仰

巴黎女人的穿衣修為，真真渾然天成，手到擒來。

我的個子嬌小，在長人輩出的美國、加拿大，很難買衣服。但到了法國、日本，簡直如魚得水，衣服買來幾乎連改都不用改，直接就能上身。

對於名牌，我沒有任何信仰。能夠與之相得益彰的衣物，我才願意奉上荷包。名牌的剪裁、質感、做工自是不在話下，但若不適合自己，就算一件衣服六、七位數，也只是弄得兩敗俱傷，走出去還得強暴路人視覺，何苦來哉？

法國女人的善於穿衣，舉世聞名。「穿得好法國」等同於「你眞會穿衣服」。若聽到有人這麼稱讚你，眞可以當作世界小姐的榮譽彩帶般，整天配在身上。

耐人尋味的是，法國乃名牌盡出之地，但走在巴黎街頭，卻少見花都女子爲任何名牌綑手縛腳。她們不分老少，無視燕瘦環肥，幾乎個個有型有款。你看不到哪個女人拿自己身體爲名牌作嫁，卻又活脫每個都似櫥窗走出來的——各式各樣的賞心悅

目。

因爲，她們都是自己原創的名牌。

隨便一條圍巾，冬天可能是喀什米爾，抑或安哥拉兔毛、粗花線編織款……層層纏繞，或者率性披搭在肩頭。春天也許來條絲質或麻質圍巾，既爲衣著增色又能禦寒。總之我看巴黎女人的穿衣修爲，眞眞渾然天成，手到擒來。

其實巴黎女人並不見得特別美，但她們就是有一種其他歐洲女子所難以企及的氣質與風韻。那種從小到大因爲環境薰陶而成就的「國民美學」，不是法國人的我們，只有既妒又羨的在一旁眼紅著。

有回我在上海的恆隆廣場逛街，突然有個外國記者跑來，說是某家時尚雜誌，透過翻譯問我可不可以接受採訪。

我因爲被西方傳媒「看上」了，頗爲虛榮，加上對方問的是對當地人衣著美學的看法，所以我便表示了些自己的淺見——

對大部分當地人而言，美學最多是表現在對時尚的追求，名牌經常只是用來炫富的工具。有些人乾脆用錢買時尚，至少有品質保證。問題是，一件百萬名牌，也許遠不及一千元的平價衣服適合你。我們從小到大，最欠缺的就是培養與訓練。培養對美感的認知，訓練辨認什麼適合自己、能襯托自己。

爲什麼我們與法國女人的穿衣品味落差這麼大？聽完我在書上說三道四，不如就闔上你的衣櫃，去巴黎看看吧！等你在巴黎街頭親眼見識了法國女人都穿戴些什麼，想必就會心知肚明了。

永不煩膩的欣賞

沒看完？
下次正好理直氣壯舊地重遊。

我喜歡巴黎，去了不下十次。但令朋友們百思不解的是，我幾乎次次都到各美術館報到。

羅浮宮、奧賽美術館、龐畢度藝術中心，我就是不能或忍入寶山空手而回的遺憾。就算沒有什麼特別名目的展覽，我依然像被制約了一般，只要踏進巴黎，不去朝聖不能心安！

一張名畫，看十遍都不夠。何況隨著年歲增長、世事更迭，同一幅畫面三年前給我的感受，可能迥異於三年後。對於作者的心聲，我也可能次次有不同的解讀。畫布上一抹藍，上回看像是寂寞，此番卻愈覺是豁達開通。

自己欣賞與專人導覽，又是大不同。導覽人員本身的素質優劣、口條流利與否，都會影響你的旅程品質。最怕那種滿腹經綸，卻半天講不出所以然者。可惜了他的學問，也可惜了我的錢。

在巴黎，請一個美術館導覽很貴。但如果同伴多幾個人，大家分攤下來也還算合理。而且時間無須太長，依我的經驗兩小時剛剛好。一方面專注力有限，加上旅途勞頓或時差未退，與其聽得懵懵懂懂抑或渾渾噩噩，還不如好好細讀幾張傳世名作，爲巴黎在你心中留下點什麼。誰說館藏一定得悉數看盡？美好的事物往往正因爲有所不足。沒看完？下次正好理直氣壯舊地重遊。

我們每次請的導覽大多不同，除非遇上特別好的。像我今年十月到奧賽，導覽小姐是台灣去的留學生。本來念考古學，到了巴黎改學西洋藝術，後來嫁給法國人。聽她介紹一張畫，不是只看到原作而已，還有想像、有情感，有導覽者對這份不是只求溫飽的工作的喜愛與熱情。當她講述一幅畫作時，眉飛色舞、意興風發的模樣，委實動人。

此外，我逛遊美術館還有個小「嗜好」：我不只欣賞作品，我也欣賞人。

我欣賞那些看似學生模樣的青年，專注的在馬諦斯作品前臨摹；欣賞那些衣著優雅的紳士淑女，在宏偉寂靜的廳堂中，低語著我聽不懂的異國語彙……

而今年十月，我甚至有幸欣賞到一群法國幼稚園的小朋友，被老師們帶領著，參觀龐畢度藝術中心。二十多名幼童，六位老師。我悄悄跟在後面，也當起小朋友來。

只見孩子們安靜的在畫作前席地而坐，而老師竟然以唱歌取代講解，並且邊唱邊跳，讓孩童們透過淺顯易懂的唱遊方式，領受畫作的含意。別說是小朋友，連不懂法文的我都看得不忍眨眼。

我實在又妒又羨，想想這群小法國人，那麼年幼，卻已經浸淫在如許豐厚的美學環境裡。法國女人渾然天成的美麗概念，原來始自起跑點。

哪像我們，眞的輸遠了！再不知長進，土媽媽永遠只能教養出土小孩啊！

不容許少玩的旅行哲學

再高的鐘樓，我也興致盎然的爬上去遠眺一番。

對於喜歡旅行的人來說，每個人大抵都有一套哲學。有人嗜美食，永遠把吃擺第一。有人嗜購物，因此走到哪買到哪。至於我，無視年歲增長，始終遊興不減，所以，我嗜玩，一趟旅行可以不買、可以少吃，就是不容許少玩。

十月初去巴黎，秋意瑟瑟，我與親友們在言語不通的法國，幸得當地友人孫先生的陪伴，四個人造訪中世紀古鎮Provins。

孫先生北京大學畢業，本來在非洲做翻譯，後移居巴黎，一邊工作，一邊就讀西洋文學研究所。他法語流利，口才便給，每到一處總能說出點什麼引人入勝的史地軼聞來。很多景致、風土，自己默默賞玩是一回事；有個熟門熟路的旅伴指點，就能玩出一番「見山不是山」的意境來。

Provins古鎮距離巴黎並不近，開車要足兩小時。我們十點出發，抵達時約莫十二點多。濃蔭幽幽的小徑，每一條都好美，而且餐廳很多。其中有一家，棲身在大樹下，又有陰涼的院落，看來實在不錯。想不到孫先生竟說認識，於是我們先訂了位，再好整以暇進城遊歷。

我不是那種動輒大發思古幽情的人，但不知怎的，只要一踏上古城或古堡，就會像登陸月球的阿姆斯壯一樣，非得說出那一百零一句名言才算數。我裝模作樣的站在那用一塊塊大石板拼出的馬車道上，對自己也對友伴說：「此刻的我，正是踩在現代，走過歷史啊！」每每這儀式性的句子一出，腳下那條曾經響徹達達馬蹄的古道，

就會讓人更想一探究竟。

既來之，則玩之。小小一座Provins古鎮，我們幾乎踏遍每一處古蹟。再高的鐘樓，我也興致盎然的爬上去遠眺一番。只要體力允許，我可不想只是站在磚牆下嚷嚷，那樣未免太對不起一路的舟車勞頓。

遊逛完古堡，汗水裡盡是認眞玩樂的成就感。我們回到那間餐廳，我愛的氣泡水一送上來，咕嘟嘟灌下一大口，眞是如逢甘露，過癮極了！

老闆娘是個樸素的中年法國女子。她脂粉未施，穿著也毫不起眼，但每個動作，每個笑容，給我的感覺都是優雅的美。

主餐前上來了麵包還有橄欖，麵包一入口，我就知道這家餐廳錯不了。後來的生醃火腿更是讓我們大爲驚豔。我以爲是當地特產，想不到竟遠從義大利托斯卡尼而來。當下懇請老闆娘讓售些給我，好讓我帶回巴黎解饞。她細心的包裹，一片肉一片防油紙，外加一層保鮮膜，而且算了我非常便宜的價錢，我簡直連心也吃飽了。

這是古城裡的現代溫情，佐以美食，相得益彰。

所謂的完美旅程

我學會用不同「角度」，看待旅程中所謂的「缺憾」。

旅程中，什麼樣的情況叫做「完美」？

吃好、住好、天氣好，想看的都看到，想買的沒漏掉……是這樣嗎？

我也曾經滿足於如是的旅行。翻看相簿、檢視血拚成果，一段時日後細想起來，整個過程像是在「完成」，不太像在「享受」。

後來的我慢慢變得不一樣：一早起來，我學會對著旅館窗外陰霾的天氣微笑，想這城市若在雨中會是如何一番風情？

於是，儘管綿綿細雨忽下忽停，我未減遊興；還因此有了一張雨天撐著紅傘，在里昂的「PAUL」麵包店前手舞足蹈的照片，笑得比任何一個豔陽天都自然！

計畫中的名店人滿爲患，我索性與朋友逛進周邊小巷。好幾次因爲這樣，反而發現幾間特別且饒富趣味的小店，或者因此買下只要名品數十分之一價，卻保證全世界只此一件的個性單品。

我學會用不同「角度」看待旅程中所謂的「缺憾」。

在法國遊賞古城，遊人如織，城內廣場有馴鷹人的放鷹表演。學生、大人、小孩，大家擠成一堆，興奮的引頸期盼。我個子小，就算踮起腳尖，賣力扒住旁人肩膀，恐怕還是連老鷹的一片羽毛也見不著。

所以我靈機一動，慫恿朋友們往城外走。大夥本來半信半疑，怎麼表演還沒開始，我們卻要「退場」？等來到古城外，在土丘上站定了，剛巧聽到城內衆人一陣喝采！只見老鷹從城牆內飛起，直衝九霄。城外的我們，清清楚楚見到牠的雄姿英發。而且，少了古城內那種充斥著現代遊客的荒誕感，站在城牆外，隔著一段距離回首，沒有人聲笑語，反而更有「前不見古人，後不見來者」的蒼涼孤傲，氣氛滿點。

我因此想，旅行中所謂美景的賞玩，不一定非得身處其中。有些驚喜，混入美景中的我們，可能因為視覺死角或心靈盲點而無緣見識。抽身出來，在美景之外，說不定能見人所未見、聞人所未聞呢。

旅遊書上的必遊景點，人人口耳相傳的幾大勝景，想當然有其炫目之處。但我更不想錯過的，是其他看似尋常的景致……在南法鄉間小店用餐，上洗手間得行經一處院落。那裡的樹啊花啊，名不見經傳，卻美得讓人心曠神怡。我經過，用一種調皮的心情「偷窺」了好幾眼，滿心歡喜。這一整天，比起造訪了多處名勝，抑或血拚了幾家名店，更讓我覺得是趟「享受」的旅行。

這回至Provins古鎮遊覽，回程不巧遇上法國鐵路大罷工，我們的車因此塞在公路上。我百無聊賴，打起盹來，結果一路停停走走回到巴黎，我已然飽眠一頓，胃口大開。巴黎的友人帶我們上一家日本館子。沒訂位，只剩吧檯座，但那一餐吃得眞是愉悅。只花了一千台幣，享用了拉麵、鰻魚飯。我甚至分食了平常絕口不碰的炸物。美味，滿足。

這樣的旅程，對我來說，堪稱「完美」！

星級的美食饗宴

國際巨星竟然近在咫尺。瞧我多麼好運，三星立時又多了一「星」！

法國，就像我們一樣，以美食馳名。到法國旅行，不碰美食，未免太對不起自己。

尤其，他們又有引以爲傲的「米其林餐廳評鑑」這種東西。關於吃，台灣人可不是等閒之輩。職是之故，我的理論是，去了巴黎，你可以住省一點、買少一點，攢些銀兩，上一家米其林餐廳。當犒賞自己也好、當開開眼界也行，總之就是見識一下法國人的美食文化。

我自己去過兩家米其林三星餐廳，都位在巴黎的飯店裡。

盛夏時分，巴黎人幾乎都出城度假去了。沒錢出去的，也開玩笑說得想盡辦法把自己曬黑，免得被人取笑。而我們這些就怕自己不夠白的觀光客，剛好趁此在連停車都變得容易許多的巴黎城裡，充充有錢佬，上高級餐廳當老饕。

那天我們被安排在庭院的座位。才剛落座，我就發現「臥虎藏龍」的女俠楊紫瓊，與她的友人們坐在不遠處。

這眞是此間米其林三星餐廳令人驚喜的「附加價値」，鼎鼎大名的國際巨星竟然近在咫尺。瞧我多麼好運，三星立時又多了一「星」！

打開Menu，午間套餐有兩種價格。一種兩百二十歐元，另一種八十五歐元。我與朋友都點了後者。此外我們還附庸風雅的叫了一杯酒（三個人裡有兩個不會喝，所以意思意思大家分享一杯）。

窗外有花、有草，綠意盈盈。加之以旅館的窗戶，雪白的檯布、巴黎的空氣、人的質感、侍者們走路的姿態、上菜的訓練有素——在同桌客人面前，同時放下盤子、同時掀開蓋子，整齊劃一，卻又有溫柔無比的韻律感。

每一道菜之間，都有一道小口美食，用以讓客人清口，使菜餚間的味道不致彼此混淆。

如果將美食譬喻成一首交響樂曲，那麼從前菜的那一小湯匙開始，這間餐廳呈現的，絕對是清楚的前奏、間奏、主樂章，層次分明，引人入勝。好比我點的主菜鮭魚，裡面沒有過熟、軟嫩至極，一旁的沾料又調配得恰如其分。席間我們看到楊紫瓊那桌上了龍蝦，於是我們心照不宣的對看一眼，笑說：

「他們絕對是點兩百二一客的！」

尤其令人驚喜的是，餐後侍者竟推來了滿是糖果的推車，讓你選擇。

棉花糖、太妃糖，還有一種類似龍鬚糖的糖果，一拉開滿是糖絲，需要侍者從中剪開，充滿情趣。

啜口熱茶，那眞是完美的終章。

至於另一次旅行中去過的另一家三星，就暫且表過不提了。因爲從頭至尾毫無層次，口感除了「濃稠」，別無其他。牛排濃、蘋果派濃，服務態度反而十分「清淡」。可以想見，它在我心中，是絕對稱不上三星的。

在旅程中，省錢上高級餐廳，也是一種薰陶與訓練。訓練味覺、嗅覺、視覺。薰陶品味與鑑賞力——對人、對文化涵養，也對生活氛圍。看看吃完這一餐，能不能過一種三星的生活。

古城亞爾的迷人內涵

再回首，我親愛的古董店啊，
已然關門……

南法河輪的旅程中，美景無數，但若細究起來，最令我印象深刻的，恐怕非古城亞爾莫屬了。

世界未曾遊遍，我不敢也不能妄下誑語。不過，當玩賞的古城累積到一定數量，我發現，所謂古城，大抵都是以「內涵」取勝。

說眞的，單憑外表，你很難想像那些厚重堅固的石牆究竟圍住了什麼。從南法到義大利，每一座固若金湯的城池從外觀看來都差不多。幾乎一式的城垛、石磚、仰之彌高的城門……

十月初的南法，豔陽依舊扎眼。我們從河輪停靠的岸邊，一路步行至亞爾，約莫走了十五分鐘，方才兵臨城下。我早已像隻熟透的蝦子一般，既紅且熱。

爲了抄近路，我們從城的邊門入內。也不過一牆之隔，城內卻已然是另一個世

界。

只見漂亮雅緻的咖啡館，林立在綠蔭蔥蘢的小路旁。人聲笑語，咖啡香四溢，更別提我的最愛——古董店，透過優雅淨亮的窗戶，殷殷的向我招著手。

爲了顧及白日裡一連串的參觀行程，每進古董店必不可能空手而返的我，自作聰明的對朋友們說：

「現在進去的話，待會提著大包小包就別想走動了。還是先去玩，晚點回來再逛個過癮。」

殊不知，一失「言」成千古恨。等我們看了梵谷治病的精神療養院、看了名畫咖啡館的實景，在當年梵谷的眼中世界佇留良久後，再回首，我親愛的古董店啊，已然關門！

不得其門而入的心情，有點啼笑皆

非。透過窗櫺，隱約可見的那些古董們，似乎正嘈嘈切切的私語著：

「這傢伙，可省了一大筆錢哪。」

入夜後的古城尤其美麗。斑駁的石牆，隱隱透著年深歲久的黃光；加之以白日裡過熱的溫度，因爲夜風輕拂而沉降了下來。整座城在燈光的撫觸下，如夢似幻，更現思古之幽情！

我始終沒有進咖啡館一坐。那一日，從白天到晚上，想要當個觀畫者的心情，竟遠遠超過欲成爲畫中人的渴望。

於是，我們趁著習習涼風，散步回到港邊。

夜色如水，由靜泊的河輪上，回身遠眺亞爾城，燈影迷離……眞眞古今無界，美不勝收啊！

傳奇的大師，寂寞的靈魂

也許天縱英才，所以註定寂寞；
也許才華橫溢，難免情感超載。

我天資駑鈍，又是有了一番年紀才開始習畫，之於我，梵谷無疑是個天才。他的不得志，舉世皆知。他的瘋狂，人們耳熟能詳。在世時只勉強賣出兩幅畫作，而今其眞跡在拍賣會上喊價動輒上億美金。一生孑然、沒有子嗣的梵谷，自己的潦倒與孤獨不提，身後的連城財富，亦沒有加惠於任何血脈。

這一味，怎一個「寂寞」了得！

南法古城亞爾，完全受惠於梵谷的光環。大師的熠熠光輝，在他生前足跡所至處，如灑落於磚瓦間的金沙般閃耀著。

從療養院到咖啡館、從床褥被榻到桌椅杯盤，當我們親臨現場，親眼見到與梵谷名作中一模一樣的景物，內心的悸動，眞非筆墨可以形容。

除了悸動，我的心中，還多了一分醇厚、扎實的幸福感。

也許天縱英才，所以註定寂寞；也許才華橫溢，難免情感超載。以前看梵谷，佩服多過感動；敬重多過憐惜。對於這樣一位傳世巨擘，我們多半視他如「傳奇」。然而當他畫作中的一景一物，就在眼前觸手可及之處，我剎那間突然思及：那窮困失意的一生，除卻畫畫，大師梵谷其實也只是個寂寞不堪的靈魂而已！

那隻脆弱的耳朵，究竟是爲了自己迷戀的妓女而獻祭，抑或爲了反目的好友高更而揚棄……眞正的答案，恐怕連瘋潰的梵谷本人，也無法明確回答罷。

所以，平庸如我，可以習畫；可以在梵谷逝世一百二十週年時，至畫中實境旅遊；可以從頭到尾保持畫外之人的寧靜、無涉，在南法的驕陽下，恣意與三五好友享用奢侈的友情……

生而爲人，且爲一介平凡素人，有時，是一種連天才也要妒羨的幸福啊！

到巴黎挖寶去

我喜歡在逛街時，不經意的與舊時光邂逅……

如果你跟我一樣，喜歡老東西、舊玩意兒；那麼，我願意不藏私的洩漏「私房」挖寶地——巴黎。

我對舊時物件的喜愛，是早從年輕時候就埋下的浪漫種子。隨著年歲增長，這份喜好益發茁壯，並且枝繁葉茂的長出了自己的品味。

我說的老東西，不見得是「古董」。這兩個字有時不免給人沉重且價值不菲的感覺。比如巴黎有些古董店，標榜路易十四時期的皇室風格：金碧輝煌、精雕細琢。但華美風非我所愛，勉強進去閒晃，對我、對店家都是浪費時間。加之以對古董不夠了解，萬一被騙，喜孜孜的買了一堆「假古董」，那才可憐！

我獨獨鍾情那種販售著一般市井人家舊物的小店。巴黎的大街小巷裡，潛藏著許多這樣的「寶窟」。我喜歡在逛街時，不經意的與舊時光邂逅。

比如二〇一二年，行經巴黎一處櫥窗，眼角瞥見一座象牙黃的桌上型立鐘，立時便決定推門而入。

它眞的非常優雅、細緻。大理石材質，三十公分左右的高度，如神殿般有著四根立柱。時鐘本身的造型是圓的，其下垂吊著一顆金銅色的太陽，是爲鐘擺。鐘座的頂端與兩側，更有精緻的水藍色橢圓形裝飾，浮雕著歌舞昇平的古代人物。當鐘擺輕輕搖晃，舊時光陰與現時歲月，恍若就在浪漫典雅的法式風情裡交融了。

看到喜歡的東西，最幸福莫過於它有著令人驚喜的價格。這座古董鐘，被我殺價到三百五歐元成交（約一萬台幣左右）。因爲太重，遂託店家寄送，另收一百歐元運費。雖然隔了一個多月才收到，但我深覺值得。我將它擺放在家中餐廳的櫃子上，朋友來訪，少有不豔羨稱讚的。

另有一回，看到某間店裡一只深綠色皮箱。非常樸拙、古意。上面還有用粉紅色顏料手繪的人物，畫風並不精細。我揣想是皮箱主人嫌它太過陽春，買來以後才自己畫上去的。整個箱子的造型、配色，我都十分喜歡，因此流連再三。但後來理智終究勝了情感，我想它體積太大，託運又怕碰撞，只得依依不捨的放棄。

巴黎古物商販售的舊物，有些顯然經過細心的整理。儘管陳舊，卻自有整齊乾淨的氣息。有些則特意保持歲月淘洗的痕跡。然而多半是瑕不掩瑜，小小的落漆抑或不甚明顯的刮痕，有時反而更加襯映出歷史感。那種深具故事性的魅力，絕對是光鮮亮眼的新品比不上的。

偶或在店中看到一些畫作，鑲著配襯的邊框，兀自在角落裡寂寞著。我總愛想，多半是因爲年深歲久，遇上要搬家或整修，屋主對這些看膩了的東西，留也不是、丟也可惜，遂將之低價售給古物店。因爲不是名作，所以乏人問津。

我因此半開玩笑的對友人說：

「看看這些可憐的畫！我將來可不要當個畫技不好，卻偏偏畫作多產的祖先，讓後代子孫苦惱，該把我的畫怎麼辦才好！」

花都驚魂記

歹徒從破窗中伸進手來，
往女兒右側的空位撈抓……

朋友問我：「法國的治安怎麼樣？應該沒有義大利那麼可怕吧？」

我苦笑著回應：「歐洲啊，基本上都差不多耶。」

關於義大利的治安，從旅遊書到過來人，全都繪聲繪影的警告著：財不露白，包包抱緊，護照收好，入夜後盡量別出門，別落單……這些或書面或口頭的耳提面命，行前特訓一般讓外國旅人繃緊了神經。

法國就不同了，它畢竟太浪漫，以至於鮮少有人願意大發警語，那就像是在甜蜜可口的馬卡龍旁邊，擺上卡洛里對照表外加肥胖圖片一樣的煞風景。

有一回，我們幾個好友結伴遊逛巴黎的跳蚤市場。有個攤位，繪著奇花異草的杯盤好不美麗。一個朋友貪看得久些，落了單。等她回過神來，起身想追上我們，卻見幾個外國人愈聚愈攏，像張魚網似的把她包在中間……

朋友急了，脫口大喊：

「你們要幹什麼！」

腎上腺素飆升，讓她刹時間聲若洪鐘，加上情急之下她喊的是中文，在法國市集裡分外清晰。我們急急回頭，那幾個本想趁亂打劫的人，一下子全散了。

另有一次，我與女兒娃娃則在巴黎戴高樂機場外歷險。即便事隔多年，想起來仍不免驚懼——

那是春寒料峭的三月天，出關後，隨即坐上來接我們的七人座小巴。娃娃因為要看顧所有的行李，所以讓我先上車。接過她遞來的手提包，我放在腳邊。然後女兒上車，她脫下的皮夾克順手就擱在她右側的車門旁。

車子才出機場不久，就塞在禮拜一上班的車潮裡。正想跟女兒聊兩句，驀的右側不知打哪兒竄出一台重型機車，轟隆隆的引擎聲震天。那個騎士戴全罩式安全帽，一身白色重機勁裝。在你根本想不到會發生什麼以前，在幾分之幾秒的定格畫面裡，他已經用不知什麼物事，砰一聲砸碎了車窗！

那一刹那，娃娃反應快，抱頭埋首，護住了頭臉。歹徒從破窗中伸進手來，往娃娃右側的空位撈抓（一般人習慣將皮包置於此）——他一抓起皮外套，就像燙手山芋那樣，急急扔掉，縮回手，催起油門在車陣中揚長而去……

我驚呆了，整個人瑟縮在座位上，對於眼前發生的一切，不可置信的哆嗦著。

財物損失，沒有；身體傷害，沒有。驚魂未定是整件如電影情節的搶案裡，我們母女萬幸的唯一損耗。

司機先生也嚇傻了，但他無奈的搖頭說：

「這種事，就算報了警，也不可能抓到人的！」

朋友H是大明星，她的經歷比起我們，更爲「慘烈」些。

據說那時她正在餐廳外，閒閒賞著巴黎街景，一面等著其他友人陸續從餐廳出來。這時，有個金髮碧眼的大帥哥，從對街騎著一台機車，帶著迷死人的微笑，一逕朝她騎來。

H開心極了。心想：「果然我這美貌，連老外也無法擋！」於是她也甜甜回笑著，完全忘了自己站在路邊，背著名牌包，儼然就是一頭被迷昏了的肥羊——

帥哥騎過來，她連哈囉都來不及說，肩上的包包，就那麼「輕巧又優雅」的滑進了帥哥的手裡。

「什麼都沒有了啦！」H事後哀戚的大嘆，「那傢伙搶走的，不只是我的錢，還有我可憐的自尊

哪！」

我們啼笑皆非，一面安慰她說還好人沒怎樣；一面兀自警惕著，這花都巴黎的迷人糖衣下，還是有著隨時蠢蠢欲動，螫咬外國旅人的蟲豸呀！

不花大錢的附庸風雅

旅行之美，不在你想「尋找」什麼，而在於你會「邂逅」什麼。

玩巴黎，一定得花大錢嗎？

每個人對巴黎的觀照各不相同。雖然大抵脫不了時尚、藝術、美食，但這些元素相加，似乎又是一筆不小的錢。

這兩年，歐洲機票漲聲不斷。好不容易積攢了一筆旅費，來回機票加住宿，你可能早已阮囊羞澀；那麼，旅遊品質怎麼兼顧！

在巴黎，不吃三星、不逛名牌，你照樣可以擁有深具質感的「輕」旅行。

這就是一個受歷史豢養、被文化栽培的古城，所能給予旅人的獨特養分。

比如說，你可以買些現成的熟食，帶一瓶順口的紅酒，與朋友到塞納河畔的清靜小公園。坐下來，在綠蔭蔥籠中，品味午後休憩的巴黎。數年前，我就曾經這麼做過，即便現在想來，當時快樂依然歷歷如昨。

你也可以選定某處街道，穿雙好走的鞋，揣瓶水，戴頂喜歡的帽子，悠哉遊哉的，進行你的巴黎小散步。隨處抬眼，美麗的櫥窗、古典的建築、優雅自信的巴黎人……不用花一分歐元，但若論旅行收益，恐怕勝出那些忙忙亂亂，在各大「必遊」景點走馬看花的旁人甚多。

藏妥包包、慎防宵小，你便可以大肆逛遊以現金交易的巴黎跳蚤市場。買不買無所謂，光是看看那些「舊時王謝堂前燕，飛入尋常百姓家」的昔日風華，或是一般市井小民家用品的樸實歲月，撫觸、遊逛、想像，豐饒的樂趣便足以填飽心靈。

全世界大概再沒有一座城，比巴黎更適合人們「附庸風雅」。只是，除了名牌精品、除了米其林三星，你還有更多經濟實惠的選擇。巴黎之所以是巴黎，正如艾菲爾鐵塔不是只有一面一般，你怎麼玩，它便怎麼呈現。

有時覺得，旅行之美，不在你想「尋找」什麼，而在於你會「邂逅」什麼。閱讀一座城市，看的角度很重要。也許每一次轉角，就是一次驚喜的「遇見」。

我們在旅程中，不斷因爲遇見而發現；因爲發現而驚豔。何況這世上絕大多數的風景，都是貧富不拘、雅俗共賞的。就算有人日啖生蠔、夜臥華褥，若不是虛懷若谷，又哪有空位容納快樂？所謂旅行品質，其實到頭來，還是存乎一心啊！

PART4

日本・靜謐

親炙光之教堂的震撼

真正的感動，多數時候是無言的。

二〇一〇年十二月初，我去了大阪、京都。

早上八點多的飛機，中午十二點半我們就抵達了關西國際機場。來接機的朋友問我們要不要先吃個午飯？我忙不迭的說：

「不用啦！我不餓，現在一心只想趕快看到光之教堂。」

沒錯，此行我的「正事」就是為參觀安藤忠雄的知名建築「光之教堂」。一方面是對大師的作品渴慕已久，一方面是想藉以評估，在台東初鹿牧場上，蓋一座教堂的可行性。

親臨現場以前，我早已將介紹光之教堂的書籍反覆翻看再三。然而，當我們走進教堂，居高臨下俯視著成排黑色座椅、牧師布道台，以及透著天光的巨大十字架……我竟然，感動得周身竄起了雞皮疙瘩！

其實，遍遊世界的我，賞歷過的教堂多得連自己都無法細數。兩個月前，才剛在南法的里昂參觀了世界上最豪華的教堂。果眞氣派、富麗，極之漂亮。相形之下，光之教堂不但沒有半點華麗元素，且無論用色乃至建築線條，無一不呈現極簡風格。但身處其中，我所受到的震撼與感動，卻遠遠超越了前者。

很難相信這名聞遐邇的鉅作，竟然只是一間社區教堂。從踏進庭院開始，迎面先是一支竹子做成的極簡十字架。因爲極簡，所以更顯清靈。接著，腳下一路鋪陳的，是一種不斷上坡的途程。放眼望去，到處布置著十字架，緩步行走之際，就像踏上宗教之路的感覺。

教堂主體中的那支十字架，是運用對整片玻璃窗面的巧妙鑲嵌。尤其令人讚嘆的是，十字架外，還有一面與玻璃窗呈斜角交會的混凝土牆。天光乃由上端及側邊，亦即牆與窗的開口處穿入。那支十字架透出的光線，不刺眼、不強烈，十足柔和溫煦。

我們噤聲不語，內心滿盈喜悅與折服。眞正的鉅作，實在無須多餘的贅飾，簡單中直見眞章。而眞正的感動，多數時候是無言的。

不得不對「安藤忠雄」這四個字再次致敬！光之教堂俐落、極簡，卻極具靈性與人性。

但我也因此反思，台東的初鹿牧場，顯然並不適合這樣的一座教堂。

原意是希望在青青草原上，蓋一座充滿歡樂氣氛的教堂。幾經思索，我決定放棄。心中下了定論的同時，我也深自慶幸，還好有親自到光之教堂走一遭，才能體會到書本介紹所無法體會的感受！

死與生的強烈對比

日本人將燈光以巧妙的角度打在楓樹上，使其嬌影倒映於池中……

二〇一一年十二月四日，京都清水寺開放賞夜楓的最後一天，被我與朋友們趕上了。

日本的紅葉與櫻花齊名，葉片轉紅的時間也因各地氣候而有所不同。而正如那令人趨之若鶩的「夜櫻」一般，所謂的賞紅葉名所，也常會在夜間開放，爲紅葉打上講究的燈光，讓人們得以欣賞夜楓之美。

傍晚五點，我們先去一間極富盛名的餐廳吃京都名物「豆腐餐」。十足古典氛圍的日式庭園，美麗幽靜的拱橋，純日式風格的飲食，用餐環境眞是一級棒。

我必須多所著墨此間的豆腐。它不只是好吃而已。那種奇妙的扎實感，可以輕易的用筷子完整夾取，絕不散落。當你將豆腐送入口中，卻又滑潤Q彈，滿嘴生津，濃郁的豆香在舌間散溢。

可惜的是，除了豆腐，其它配菜就表現平平；有點辜負了它的盛名。結帳時，一人四千五日幣（合台幣一千六），眞是好不心痛！

食畢，我們以徒步方式往清水寺行去。一路上人潮絡繹，摩肩接踵的趕著留住夜楓的最後一夜。

半途遇見賣烤栗子的小販，一顆顆碩大無朋的栗子很是誘人。我們花了一千日幣，換來滿滿一袋，捧在手上暖呼呼的，簡直滿足得不知如何是好。想起之前在歐洲路邊買栗子，同樣價錢大概只給了我四、五顆，而且小不伶仃。現在這一口塞不下一顆的日本栗子，不只是「大快朵頤」，甚且是「大快人心」呢！

今年清水寺的紅葉，說是盛放狀態。全球氣候異常，一下冷一下熱的溫度，搞得花草樹木全都「瘋了」。本來以爲夠冷了可以轉紅或開花，殊不知沒兩天又驟熱……我一面可憐這些自然萬物，一面又想：怪不得透過燈光看，總覺得今年的葉片紅得不夠豔、不夠正統。有點熟過頭的暗紅色美則美矣，但可惜並不剔透。

聽人說，那年四月，日本的櫻花是史上開得最漂亮的一回。但因爲彼時日本甫遭三一一地震海嘯的巨大磨難，以至於大家無心也無力欣賞群櫻競豔。大自然的無常，與萬物生命的堅韌，形成諷刺卻又發人深省的對比。正如數年前我曾看過的一幅畫，枯槁的死木中，竟盛放著一朵嬌豔的紅玫瑰。極度衝擊的視覺印象，讓我至今無法忘懷。

夜楓還有一美不得不提。日本人將燈光以巧妙的角度打在楓樹上，使其嬌影倒映於池中。據聞，此因古時幕府大將軍地位崇高，賞月不舉頭，只能俯首看池中月。而豐臣秀吉的妻子，於秀吉死後出家，將這樣的庭園造景帶入了寺廟，因此有了賞池中紅葉的美事。

而我們這群來自異國的旅人，站在現代的景緻中，附庸風雅的做著與古代大將軍同樣的事，眞眞詩情畫意！

不期而遇的暖意

從古至今傳承了那麼久的行業，那份自重自持卻毫無減損，怎能不令外人嘆服！

十二月的日本初冬，不容小覷。

我說這話有兩層意思：一是它的冷。別以為沒下雪就不算什麼！北國大地天寒地凍，尤其怕起風……那隨著枯葉颳起的寒意，是真正刺膚又透骨的！

二是它的熱門。耶誕假期想當然耳人滿為患，但除此之外，十二月初因為時值紅葉賞期的末尾，許多風景名勝仍有一票難求的顧慮。就連我這造訪日本早已無可計數的旅人，有時也難免大意，連犯二過。

就像這次去京都嵐山，訂飯店的時間太晚，以致與自己心目中優選的溫泉旅館失之交臂。勉強訂到的那間，無論朝、夕食抑或露天溫泉，都與前者相去甚遠。

然後，我又因為玩心大起，情急之下只穿了洋裝、褲襪，外加羽絨衣就衝出了旅館。待察覺寒意從哆嗦的兩腿竄湧上身，已經不方便回飯店更衣。只得暗自祈禱，這沒什麼抗寒斤兩的身子，可別感冒才好。

我們一路往竹林行去，不想竟遇上了人力車。我簡直像渡河者遇見小船一般。那年輕的車伕朗目劍眉，人又十分客氣有禮，甚且用生澀的腔調對我們說：「我—在—學—中—文。」

一坐上去，才發現座位上放著暖暖包，還有一條大紅色的厚毛毯，讓客人蓋腿用的。兩樣寶物一加持，我又瞬間元氣大增。車伕拉起橫桿，輕快的小跑起來。我們又暖又舒服的端坐著，絡繹的人群如潮水般自身畔退去。寒意消失了，疲累撤退了，當下眞眞感嘆，這三千日幣花得値得！

約莫三、四十分鐘的行程，只要遇上美麗的景致，車伕先生一定停車讓我們下來拍照。半途我還買了金澄澄的小橘子，很想剝來吃，但因爲實在太冷，只得作罷。

人力車伕據說多由馬拉松選手擔任，賺錢之餘又可鍛鍊體魄。而最讓我們感嘆的是，車伕們毫不矯飾的禮節。一路上精神抖擻，愉快且優雅的向人、車行禮招呼。一個從古至今、傳承了那麼久的行業，那份自重自持卻毫無減損，怎能不令外人嘆服！

下了人力車後，我們轉乘小火車。再一次因爲人多之累，只剩沒有窗玻璃的車廂有空位，委實冷極。所幸朋友們一路談談笑笑吃零嘴，臨溪的美麗風景又不時引人驚呼。短短的車程，倏忽也就過了。

然後我們走進滿布紅葉的楓林，談心、散步……回程等待火車的空檔，在車站的小咖啡館喝了熱呼呼的咖啡與奶茶，一顆心暖到不行。

一趟嵐山行，錯穿衣物的我奇蹟似的沒感冒。想來是臨機應變的選擇了人力車，還有溫暖的友情助我抵禦了寒冷。讀者諸君若有意赴日旅遊，請務必採信我的淺見，早早訂好自己喜愛的飯店，並且穿戴充足，才能有個完備的旅行。

八百日幣的幸福

老饕間口耳相傳的拉麵店，極之低調的隱身在巷弄的地下室裡。

以前，曾在書寫旅行的舊作中提及：因爲酷愛東瀛美食，所以每去日本，必有體重增長的心理準備。平日在飲食上行之有年、自有分寸的那一套，只要日本美食當前，全都拋諸腦後。從生魚片、壽司；乃至鐵板燒、拉麵，無分冷熱，不忌葷素，我就是難以對它們說「不」！

鄭板橋說：「難得糊塗。」我是「難得放縱，都是鮮、美惹的禍」！食材鮮、調味鮮；裝盤美、服務美。無怪乎米其林餐飲評鑑，東京竟是「同一地區，最多三星餐廳分布」的，共有堂堂十一家之多！

朋友們乍聞此事，先是與我反應一模一樣的驚呼一聲：「眞的啊？」隨即理解的頻頻點頭，大家都是「啊，是東京嘛，難怪難怪」的了然於胸。

想來，並非只有我這饞嘴老饕被收服，日本對美食的經營與尊崇，早已深入人心了。

去年十二月，東京冷極，我與朋友一行四人，在新宿搜尋旅行社友人極力推薦的庶民美食——一蘭拉麵。

寒風瑟瑟，我們在街頭來回奔走，就是不見一蘭芳蹤。後來決定向派出所求助。熱心的日本警察又是翻地圖又是問人，折騰一番後，指出麵店就在不遠處，一條斜斜的小巷裡。

小小的、不譁衆取寵的招牌。老饕間口耳相傳的拉麵店，極之低調的隱身在巷弄的地下室裡。

這不由得令我省思起來。我們剛剛明明不只一次從它面前走過，卻因爲「那麼好吃又有名的店，怎可能在這種小地方」的迷思，視而不見。

擠在行伍中，約莫排了半小時，就進了店裡。

先在自動販賣機買了四張票，然後被引領入座。我們四個人被兩兩帶開，並且單獨落坐在一個個用木板圍住的、小小的四方格裡。正前方有張放下的竹簾，隱約可見工作人員在後方忙碌的身影。左手邊設置了水龍頭與杯子，自助式飲水。

不一會兒竹簾朝上捲起，我的麵送來了，然後簾幕旋即又被放下。

那碗簡單的醬油拉麵，飄散著誘人的香氣，在我面前蒸騰著暖暖的白煙。我捧著麵碗邊緣暖了暖手，拿起瓷湯匙，先嚐一口湯頭。

啊，眞是美味！

再用筷子夾起一撮麵條，唏呼呼送入口中，配上叉燒、筍片，咀嚼幸福滋味的同時，我微微向後仰，對隔鄰那因有木板相隔，而無法直接四目相對的朋友說：

「眞的好好吃喔！」

朋友忙不迭的點頭，品嚐美味的嘴連說話都捨不得。

對坐在木板小隔間裡的食客來說，那場景十分奇妙。我打趣的說，我們簡直像被飼料盒餵養的高級來亨雞！

經歷一場奇異的美食旅程後，當我們從地下室出來，再次投身寒風中，本來嫌不夠擋冷的羽絨大衣，這會兒卻變得非常暖和。我們這四隻甫被一碗八百元日幣拉麵餵飽的來亨雞，非常滿足、非常幸福的，在冬日的新宿街頭，邁開了精神抖擻的大步。

我的美食天堂

美味瞬間昇華的程度，
遠遠超出你所能臆測的範圍。

食在日本，對我實在是如魚得水。

有時細想，日本之所以年年去不膩，到底是因爲它的美景？抑或是因爲美食？我雖不至是隻挑三揀四的歪嘴雞，然而飲食之事，至關重要，我喜歡以尊重、珍惜的心態視之。能夠一再令我驚喜，並且在旅程結束後反芻再三的，實非日本莫屬了。

無論是百貨公司餐飲樓層的庶民美味，抑或是高檔名店的極品珍饈，都是難以磨滅的味蕾印記。

我曾在倉促成行的東京之旅中，與友人在銀座伊勢丹百貨的義大利餐廳，以五千日幣（約台幣一千五）的價格，大啖包括前菜、拼盤、窯烤披薩、義大利麵、羊排，以及咖啡的雙人份套餐。分量足，口味細膩而道地，就連裝潢，也絲毫不見百貨街常有的廉價輕忽。

那一餐，我吃得好飽，食量遠勝平常，想來是驚喜放大了我的胃口。

新橋有家「久兵衛」，是名聞遐邇的壽司名店。本來只有小小一軒，十來個吧檯座位。近年終於有了別館，但還是一位難求。通常得在一個月前訂位，否則必定向隅。

此間的壽司套餐價位，大抵有三種（可能視情況有所調整）。分別是一萬八、兩萬二，以及兩萬五日幣；內含九貫壽司，外加一兩樣小菜。儘管昂貴得令人咋舌，來自日本國內外的老饕們，還是前仆後繼的捧著銀兩登門朝聖。

「久兵衛」賣的，究竟是不是奇味珍饈，我不敢置喙。但盛置在眼前的，多是我叫不出名字的魚種。晶瑩的色澤與飽滿的米粒天衣無縫的貼合著。我的眼睛往往先味蕾一步，享受了美食藝術的上乘之作。

芥末的用處，是提味而非蓋味。國人習慣抹一坨厚厚的綠泥在醬油池裡，用筷子三兩下攪和成一片慘不忍睹的泥淖，再把生魚片或壽司像裹麵衣那樣裹覆而後食。但日本師傅會溫柔的提醒你，用筷子輕沾一點點芥末於壽司上即可，然後徒手以拇指及中指，拈捻起整個壽司，沾一點醬油，便可送入口中。「久兵衛」為此，還特意準備了濕紙巾，貼心的折成符合手勢的三角窪形。每吃一口，輕捏一下紙巾，手就乾乾淨淨了。

有些肉質不適醬油，卻與海鹽是絕配。只消灑上一點點，美味瞬間昇華的程度，

遠遠超出你所能臆測的範圍。

更特別一點的食材，任何外來調味都是暴殄天物。師傅會殷殷叮嚀，直接享用原味，才是上品。

配上爽口的熱茶，或溫熱或冷冽的清酒，壽司樂章餘韻繞樑，久久不散。沒有誇飾的烹調，單靠食物本身的味道，竟然可以美妙至此。無怪乎那一張張咀嚼著、細品著的臉孔（當然包括我自己），會如此充滿幸福的光暈了。

銀座的うかい亭鐵板燒，是米其林評選的三星餐廳，極之美味，服務一流。晚上的價位很高，一個人要兩萬日幣，但中午有便宜很多的套餐，可以考慮。它的鹽焗鮑魚是一絕，用葉子包起來燒烤，非常非常好吃。我們幾個朋友分食一隻，負擔就不致太過。餐後如巴黎的三星餐廳一般，也推來了糖果車。我們還像孩子似的，慫恿客氣的經理與我們在糖果車旁合照。

不嗜甜，糖果沒吃多少，卻還是因爲一張照片，畫下了名正言順的甜蜜句點。

商品反映出體貼、細心的民族性

每一次的日本行，都是一場天人交戰的購物旅程。

某年的十月，臨時與朋友到日本短程旅行。因爲台北還在高溫裡度日如夏，我們又是倉促成行，東北亞入秋的寒意，自是給忘得一乾二淨。

一到日光，眼見滿山紅葉爲瑟瑟秋風撩撥得扭臀擺腰，我就知道慘了。穿得太少，非得趕緊添個什麼才行。

我們去的地方，挺鄉下。但那小小的一爿商店裡，什麼都有。關於旅人所需、關於當季可能會用到的物品，幾乎全都不缺。我買到毛料的內搭褲，材質極好，一條三千日幣（合台幣一千左右），立時解決了保暖的難題。

這就是日本。商品充分反映了體貼、細心的民族性。

所以每到日本，我總不可能空手而返。百貨公司地下街的烤麻糬，丸子三兄弟，

裡面眞有小蝦的蝦餅，各式各樣的仙貝、零嘴、和果子（日式甜點）。專賣高檔日本貨的銀座和光百貨，從時鐘買到皮夾，只要標明「Made in Japan」，就是品質保證。尤其後者，爲了因應日本極高的零錢利用率，所以無論長短夾，一定都有設計精良的零錢格，實用且美觀。

夏天，我喜歡買草編或籐編包，各式花色眞是讓你眼花撩亂，挽在手上，端的就是一個涼快。

手帕，絕不能錯過。日人用手帕，早已行之有年，所以花樣、材質，乃至大小，一應俱全。我個人對深色的棉質手帕情有獨鍾。此外，Anna Sui 的手帕也十分值得購買。

無論是爲了哈日抑或環保的理由，

我們都該沾染上這麼一點東洋風。當你用手帕成爲習慣，就會發現，不知不覺間，對面紙的依賴解除了，也對地球盡了一分心力。既是如此，何樂不爲？

帽子，我最常在日本買。曾多次在書中提及，日本人嗜戴帽子的習慣，眞的讓我好生羨慕。所以自多年前開始，我就喜歡在日本選購帽子。無論夏天遮陽、冬天保暖，都好。有時朋友讚我臉型漂亮，我就知道，又是剪裁甚優的日本帽子，替我本不完美的臉型加了分。

雨傘、陽傘，便宜、好看又好用。拿在手上，輕到你難以置信。包包裡一放，讓你幾乎感覺不到它的存在。

手機吊飾、化妝包、隨身小鏡……每一次的日本行，都是一場天人交戰的購物旅程。能買、該買、値得買的東西，實在不可勝數。一言以蔽之，日本商品就是追求「魚與熊掌」兼得的感覺。如果你自認是個「貪心」的消費者，如此這般精緻、結實又耐用的東西，自然是深得民心，不買……實在對不起自己啊！

餐後的「神秘花園」

我們所坐的餐椅椅套，全都是上好的Chanel外套的粗呢衣料製成的……

我從來不知道，Chanel有餐廳。

旅行中的名店拜訪有兩種，其一是久聞其名，遠道而來朝聖；另一種則是不期而遇。相較起來，後者似乎更顯得命中註定，讓人非得進去瞧瞧究竟不可。

那一天傍晚，在東京銀座，我就是在無意中，邂逅了Chanel餐廳。

位於三越百貨斜對面的Chanel大樓，本來就是銀座醒目的地標之一。到了那兒，少不得走走逛逛，即便兩袖清風，也算過足了名牌乾癮。那一日，循例逛完之後，正要離開，突然瞥見同棟大樓另一側的電梯，有客人模樣的人出入。

我很好奇，心想難不成有漏掉沒逛的樓層，趨前一問，我的天，原來樓上有Chanel自己的餐廳！

「還有空位嗎？」我問侍者，滿心期待可以開洋葷。

「請稍等，我替您確認一下。」服務人員很禮貌的離去了。不一會他下來，笑容可掬的說：

「有位子，兩位請上來。」

在此之前，我與同行的友人一面等著，一面早就互敲邊鼓，打定主意要吃一頓。「就兩個人嘛，能吃到多貴？」我們如是說。就算接下來幾天都要吃拉麵也無妨。

各位看倌，我該如何以這支禿筆，向您描繪我所看到的景致呢——

那餐廳，不只漂亮，更令人目不轉睛的是它俯拾即是的優雅。地上鋪著吸音的地毯，我們所坐的餐椅椅套，全都是上好的Chanel外套的粗呢衣料製成的，致使客人一落座，就有一種好似坐在名牌衣服上的錯覺，十足的受寵若驚。

頭頂的燈光溫柔的灑落於地毯上，若隱若現地打出Chanel的雙C標誌。企業精神溫柔而精確的掌控著餐廳的整體氛圍，卻沒有霸氣。

客人們則是餐廳舒適的另一個重要原因。我悄悄抬眼環視，來用餐的，清一色是中年以上的人士。日本人向來會穿會打扮，遑論這些以年紀及人生經驗取勝的社會菁英。他們個個穿戴得宜，舉止優雅自信，無論往哪個角度看，都是一幅賞心悅目的畫面，也因此讓用餐心情更加美麗。

關於Chanel餐廳的正餐，我不想多所著墨，雖然它十分美味。真正讓我驚豔的，是餐後的「神秘花園」。

當鄰桌客人用完餐時，侍者趨前詢問他們要喝茶或咖啡。一會兒之後，侍者推著一輛精巧的小車出來，上面滿滿的、整整齊齊的，在玻璃盤中栽植著美麗的香草，活脫脫是個綠意盎然的小花園。

只見侍者戴上手套，按照客人喜好，熟練地剪下客人選取的各式香草。一小撮一小撮，整齊羅列於小皿中，再置於小缽內搗碎，然後沖泡、過濾，一壺香味四溢的香草茶就上桌了。

這整套桌邊服務，宛若一場魔幻秀，看得我目瞪口呆。於是當我吃完西餐，侍者來問飲品選項時，二話不說便點了香草茶。

那一車的香草啊，有洋甘菊、薰衣草、馬鞭草、薄荷，以及一大堆我根本叫不出名字的種類。當我看著侍者細膩優雅的爲我剪取、調製那一壺專屬我的茶，嚐鮮開洋葷的心情，簡直雀躍到了最高點。

我從來不是Chanel的信徒，但是那一夜的銀座Chanel，從此在我的旅行印記中，留下無懈可擊的身影。

虔心守候
剎那的美麗

櫻花美，美在催不得，
卻也蹉跎不得。

今年四月，在日本上野公園，我在粉紅色的櫻花隧道下，上洗手間。百年老欉的枝垂櫻，就那樣開滿一整條公園步道，而洗手間，就在櫻花樹下安然棲歇著。乾淨、漂亮，簡直讓人嫉妒得無語。

我看櫻花，覺得此物因爲柔美，所以詩情；因爲夢幻，所以莫測高深。賞櫻最是需要運氣，有時就連日本人自己的花訊也做不得準。本來含苞待放的，一道冷鋒過境，也許就使性子不開了。或者看似還有數天花期可待，誰知它劈哩啪啦的就落個盡淨。最有幸莫過遇到春風與落櫻的連袂演出，風過櫻花如雪片漫天旋舞，日文的「櫻吹雪」，說的便是這絕美的景緻。

新宿御苑、大阪造幣局，都是我鍾愛的賞櫻地。京都嵐山的櫻花沿溪盛放，則是另一種水色花容的交相掩映之美。

皇宮外，也有櫻花可賞。馬路旁，豪放的兩整排，瑩白粉嫩，眞是春城無處不飛花。

細數多年的賞櫻紀事，最難忘的，要屬某年在日本東北，同行的友人們喧鬧著要去散步，我卻自願留在櫻花樹下，獨處。

我壯起膽子，向隔鄰賞完花欲離去的日本人，要來一張他們本來要丟棄的蓆子。我躺下來，仰臉向著晴空，頭頂正是那株櫻花樹的枝幹。近乎墨色的枝枒，天光在它周邊灑下，樹形更加有一種崢嶸的美麗。粉色的花兒們背向著我，嬌顏朦朧。我就這麼

靜默著，關上自己的耳朵，阻絕了遠處近處的人聲熙攘，只有我與自己的悠閒並肩仰臥。朋友們走了很久才回來，我因此享受了充分的樹下獨處，好不快樂。

所以，櫻花美，美在催不得，卻也蹉跎不得。只能虔心等待，守候剎那的美麗。

意外的星野奇緣

我因為猶豫而佇足，腦袋裡亂七八糟的轉了幾圈，決定往回走。

數月前，小輩送了我一本國內建築師寫的日本旅遊書，裡面介紹了許多美麗幽靜的溫泉旅館。其中，位於輕井澤的星野旅館，幾乎是全書焦點。一張張精美的照片，輔之以作者由建築專業角度的說明，讓我在欣賞的同時，心裡止不住的高喊：

「我要去！我要去！」

兩個月後，我如願訂到了星野，便偕同另外四位好友，開開心心圓夢去。

輕井澤距東京只有一個半小時的火車車程，一點也毋須風塵僕僕。我們從輕井澤車站搭計程車，不消多時便抵達星野。它在山林的懷抱中，傍水而築。先在一間極富情調的臨溪小屋Check in，然後便有小車駛來，將客人接進飯店。

我們五個人，分住兩間Villa。純和式的房間，有小客廳，還有水邊的陽台。房間的視角顯然精心設計過，無論你是坐是臥，都可以毫無遮蔽的看到波光粼粼的溪水。

尤其特別的是，當你在榻榻米上躺下，透過在剛好的角度上開的那一列小窗，潺潺溪水近得似在指尖。

星野的溫泉有多處選擇，你甚至可以搭乘接駁車，到車程五分鐘以外的別館泡溫泉。我的兩個朋友興致勃勃的去了，餘下我在內的三個人，留在本館泡湯休憩。

想不到，我因為這一泡，竟然徹夜未眠。

整個浴場靜悄悄的，但十分明亮，我泡在熱湯中，伸展四肢，舒服極了。霧氣蒸騰間，我隱約看到有人從個黑漆漆的洞口走出來，心想走過去必定是露天浴場，於是滿心期待的往那兒走。先是經過一個窄到幾乎僅足容身的長甬道，燈光幽暗，瀑布般的水流不斷從頭頂沖下。走到甬道盡頭，一個黑黑的洞等在那兒，中間是熱氣氤氳的一池水。我因為猶豫而佇足，腦袋裡亂七八糟的轉了幾圈，決定往回走。

說不上來，就是覺得怪怪的，有種背脊發涼的感覺。

回到亮處，再泡了會兒湯，驅走剛才那股寒意了，這才回房間，與朋友一起去用晚膳。

穿著浴衣，走過裝置著微小光源的小徑，一路往餐廳行去，情調眞的好得沒話說。夕食雖美味，但無驚豔之作。食畢回到我們的Villa，我對友人們說起下午泡湯的情景，直呼可怕。

朋友笑說：

「哪裡可怕啦？妳想太多！人家是精心設計安排的，想要製造出一個讓人可以冥想、沉澱的氛圍啊。妳當時要是走進去泡了，就不會怕了啦！」

好吧，我苦笑，只能說在下不才，糟蹋了。

夜深了，萬籟俱寂，山裡的夜更是靜得無以復加。同房間的兩位好友陸續傳來熟睡的鼻息，我枯躺在舒適的被褥裡，無法克制的一直想著溫泉裡那個黑黝黝的洞，愈想愈怕、愈怕愈清醒，直到天都快亮了，才因爲倦極而睡著。

半個月後，送我那本旅遊書的小輩，坐在我的餐桌旁，品嚐著我從輕井澤帶回來的草莓果醬。一顆顆完整的草莓，甜度適中，標榜純天然、純手工。塗在剛烤好的吐司上，她吃得讚不絕口。一邊萬分豔羨的，聽我說完了那一夜的星野奇緣。

一部電影誘發的旅程

十月，北海道的秋葉仍然紅黃交錯，滿眼斑斕。

熟識我的朋友幾乎都知道：我的金錢觀與價值觀，某些時候是迥異於常人的。

比如說，常人花錢置裝，每年、每季甚至每月買，汰舊換新，樂此不疲。我則一件衣服動輒十幾二十年，看膩了便自己設計，請人改改樣子，又是新衣一款。

比如說，常人多半不捨花錢旅行；不捨辛苦積攢的錢財短短數日或數週就去而不返。我卻獨厚遊玩，只要事關旅遊、只要觸動了我好奇的神經，存得再久的錢也絕對捨得花，毫不手軟。

年紀愈大，愈是如此。

八月，某個桂花飄香的夜晚，我與友人相偕，看了一部美食電影《美味傳承》，真人真事實景拍攝。說的是南法一間米其林三星餐廳，六十幾歲的老闆準備將事業傳給兒子，希望他能憑一己的智慧與實力，獨立經營一間餐廳。於是選定食材豐沛的日

本北海道，在洞爺湖畔，開設了海外分店。

整部影片傳遞出的氛圍，美麗、溫暖又發人深省。尤其使我深受衝擊的是主廚父親「傳才不傳財」的遠見。以他們的名聲與財富，坐擁私人農場、牧場、香草圃、菜圃，世界各地的饕客不遠千里只為朝聖……下一代絕對不虞吃穿。但老主廚深諳財富再多亦終有盡時，唯獨傳承手藝，可以庇佑子孫幸福永續，那種智慧富爸爸的態度使我動容，而且我也好奇：究竟那個年輕的兒子，有沒有如實接續了父親三星級的手藝呢？

出得電影院，便決心去北海道一探究竟。

該餐廳開設在洞爺湖畔的溫莎飯店

內，已然盛名遠播。我與兩位好友，好不容易訂到十月份的兩晚住宿。而且，第一夜的餐廳已然客滿，得等到第二晚才能圓夢。

十月是個再美不過的季節，北海道的秋葉仍然黃紅交錯、滿眼斑斕。溫莎飯店位在洞爺湖畔的山腰上，巍峨、氣派，十足歐洲氛圍，還可居高臨下俯瞰洞爺湖，視野開闊得不像話。住這種高檔飯店當然不便宜，但我們三人分攤下來，倒也還能接受。

住宿的那兩日，天寒霧重，分外有一種迷離的意境。圓夢之夜，三人早早便打扮妥當，穿上優雅的衣裙，頭髮梳理齊整，化好妝，用一種既興奮又忐忑的心情走向餐廳。一切正如電影中的情境——

菜餚、服務、內部裝潢、食物擺盤……眞的全是三星水準。香脆的薄餅屏風似的插立在石頭狀的食器上，淺湯匙裡盛裝著每一口都風格迥異的分子料理，菜餚彼此間的輕重濃淡層次分明。我們吃得太滿足，直覺美食若此，無酒不成理，於是附庸風雅的點了一瓶紅酒。當那琉璃紅的汁液湧入喉間，美酒美饌的交融，眞眞令人心醉神迷。

那一日，正巧是其中一位朋友的生日。我準備了禮物，並且事先向餐廳預訂蛋糕，但餐廳人員說抱歉，他們沒有生日蛋糕這種選項。想想也是，向來以甜點爲美食終章高潮的法國三星餐廳，怎可能以一只「凡俗」的蛋糕來壞事？

然而我們也沒料到，他們居然做出了更爲優雅細緻的替代品——師傅以極細極薄的糖絲層層圍繞，圈出一個蛋糕大小的、晶瑩剔透的糖絲「城堡」。中間點上蠟燭，燭光自瑩澈的糖絲間透出，美極了。

不是眞的生日蛋糕，卻更與我們的三星之夜契合。我們舉杯，在彼此笑意盈盈的臉上看到滿足與幸福。

第三天一早，雲開霧散，洞爺湖爲歡送我們而露出全貌，所謂圓夢，還能比這更値得嗎？

深秋的春花

我們住了兩天，日日都是月朦朧、鳥朦朧……

人說：「境由心生。」旅行中體現這句話，更是無比適切。

當我與朋友為了三星美食，興沖沖的飛抵北海道，住進洞爺湖畔的溫莎飯店，十月的北國天氣，便以看似低調卻又不容小覷的姿態，向我們展現了她的威力。

先是冷，隨之而來的是霧。我們住了兩天，日日都是月朦朧、鳥朦朧。用餐時分，餐廳落地窗外是鋪天蓋地的白霧，換做別人也許認為大煞風景，我卻覺得情調滿點。拿起相機拍照，只見霧氣縹緲間樹影綽綽，自有一種魔幻的氛圍。而且，由於霧的遮掩，沒有絢麗的雜景分心，你只得聚焦於那細膩優雅的樹形，反倒更加凸顯了山林之美。

霧中泡湯，更是難能的經驗。溫莎飯店的溫泉浴場，沒有譁眾取寵的設計，卻是讓人能全心放鬆的療癒所在。往露天溫泉的路上，設計成靜謐的通道。穿著和服的我們，腳步也不由得變得細瑣起來，一段路也因此放長了距離。每隔幾步，便有暖氣自小徑旁邊送出，實在貼心。霧氣蒸騰中，溫泉的水霧與大自然的山嵐天衣無縫的接合，白濛濛的恰似天然毛玻璃，完全無須擔心走光。

我們在山中盤桓了兩日，第三天一早，要Check out了，卻在此際雲開霧散，洞爺湖首次對我們展示了全貌，很有種「臨去秋波」的感覺。我站在房間的陽台上，房裡是已然收束好的行李。俯瞰美麗的湖光山色，心中充滿了驚喜。

同行的兩位朋友，正把握時機，開心的在飯店前的美景中拍照。而這頭居高臨下的我，也拿出了相機，對準她們，將豐饒的景致與友情，同時「釣」進了我的觀景窗裡。

飯店周邊的秋葉，縱使已沒有九月那種驚人的紅，但樹木們顏色各異，因此更添層次美。比如其中一株大樹，葉片嬌黃似甜椒，而且不摻雜任何其它顏色，漂亮極了。實在忍不住，便也故做優雅的與它合拍了幾張照。還有一張，我獨坐湖邊，腳下是滿地的落葉，背後一株孤獨的紅楓，秋意滿眼。

境由心生，倘若我從一開始，便苦惱於天候不佳，愁煩於大老遠的朝聖卻只能坐困鄉野；想來我的旅遊心情，必沒有半點愉悅可言。明明住在漂亮的飯店裡，卻會因為壞心情的蒙蔽，舉目所見皆不美。至於那離去當日的天清氣爽風和日麗，想必也會被我解讀成「老天的惡作劇」，而徒增憤懣吧。

離開豪華夢幻的溫莎，我們回台前，在札幌待一夜，住的是一般平價飯店。這是在實現夢想之後的返璞歸眞。

漫步札幌街頭，三個人進了一間只有吧檯座的小店，專賣握壽司。北海道的豐盛魚貝吃得人既滿足又感恩。老闆不同於一般日本人，能操一口流利英文，與我的兩個朋友相談甚歡。我邊吃邊聽，僅憑有限的破英文聽力，倒也能懂得老闆的可愛與幽默。他說，自己的英文名字叫 **Tom Cruise**（湯姆克魯斯），所以，「如果你們下次來我不在，」他故意擺出一副電影明星式的表情，「就是我拍片去了。」

我們都笑了，佐著溫熱的札幌清酒，與好心情一起送入喉頭。北國之深秋，冷風颯颯，然而「境由心生」，幸福的春花，正在我心底綻放呢！

PART5

義大利 · 炫目

優雅而弔詭的威尼斯

萬一迷路了，別慌，
朝港邊走就對了。

去過威尼斯好多次，心裡著實喜愛這個水氣氤氳，集幻夢與繽紛於一身的城市。它有一種別處難覓的氛圍：陽光瀲灩、遊人如織時，是一番生氣蓬勃的浮華光景……但往往才剛轉過一處街角，市聲隱沒，光線淡去，獨剩各式面具在小店櫥窗裡，閃動著美麗又奇異的表情……這樣的威尼斯，又彷若另一個優雅卻吊詭的世界。

都說在威尼斯容易迷路，然而此城之美、之特殊，迷亂旅人腳步的，又豈止是曲折的巷弄而已？

我造訪多次，路還是照迷不誤。久了倒也不驚，還自動發展出一套「導航系統」來。我總對同行的朋友們說：

「萬一迷路了，別慌，朝港邊走就對了。循著外圍走，一定會找到集合點的。」

威尼斯的巷子啊，百轉千迴，所以我用最簡單的方式，打敗最複雜的設置，十分管用。

眾家姊妹出遊，我們另一項聰明招數是：將聖馬可廣場上的咖啡館，當成集合據點。大家在那裏喝喝咖啡、聽聽音樂、上上廁所。（此點尤其重要，凡歐遊過的人必定知道，在歐洲旅行，方便之事可不如日本、台灣那麼方便。）我們不會一窩蜂的來、又一窩蜂的走，而是分批逛街，留下的人就在咖啡館裡歇腿、顧東西。等出門血拚的人回來了，再換另一批人上場。如此一來，既不必擔心提著大包小包走不動路，也不用愁煩無處休憩。

我很喜歡威尼斯的玻璃製品，尤其偏愛個人工作室的手工藝。從玻璃器皿到項鍊，我幾乎買得大小兼備，鉅細靡遺。

玻璃透光的特性，在飾品上尤其易於彰顯發揮。我有一串玻璃項鍊，正紅色，式樣極簡。垂墜的珠珠彷彿石榴種子，紅得剔透欲滴。與姊妹們喝午茶時配戴，浪漫有之，卻不至過於炫麗。

至於我鍾愛的玻璃杯盤，不好帶，我也不貪。每回買個兩、三件，幾次下來倒也成就可觀。

住在威尼斯，房價多半高昂，但充滿古典情緻，而且你不必在逛完街後，還得巴巴的趕搭交通船或水上計程車。有一間「包爾」飯店，如果經費充裕，個人以爲是不錯的選擇。古色古香的建築，極盡挑高的屋梁，大廳裡擺設著美麗的古董。飯店左側的斜對面，有家美味的餐廳。常見到重視家族觀念的義大利人攜家帶眷的光顧，看上去眞眞分不清究竟是幾代同堂。一大家子人痛快的吃喝過後，即便杯盤狼藉，卻很是幸福洋溢。

數年前，我與好友們一趟遊輪之旅，預計從威尼斯出發。正當大夥開開心心在甲板上向岸邊人群揮手道別時，我卻選擇一個人待在艙房，透過舷窗，望向陸上的威尼斯——

遊輪駛離，海鳥群倏的飛起，那一刻，不知爲什麼，我在明明該要興奮歡快的啓程時分，竟落下了傷感的眼淚！

也許正像這個城市多變的面貌罷。潮風中送出的，到底是出發的愉悅，抑或是離別的愁緒？因爲是威尼斯的緣故，所以，也沒有一定的答案了。

都是美食惹的禍

可惜的是，她們不經老。往往未及中年，身材便已如江河日下。

義大利的男人，情欲十足。向女人擠眉弄眼、詠唱情歌、釋放費洛蒙，幾乎個個是本能。

小巷裡，大街上，河岸邊，他們像狩獵般獵捕愛情；或者，只是攫取那一晌貪歡？

熱情可愛？不能否認。但老實說，也有點可怕。男人們一旦不知「厚臉皮」爲何物，女人們就防不勝防了！

相形之下，法國男人就顯得較有氣質，但也較高傲、沉鬱。異中求同的是，義法兩國男子，穿著打扮的能力，都如他們對浪漫的製造與掌控一般精熟。

義大利女人呢，年輕時是無可挑剔的漂亮。因爲她們多半擁有西方人少見的黑髮，加之以眉目分明，睫毛既長且密；有些還眞眞豔麗得讓人不忍逼視。

可惜的是，她們不經老。往往未及中年，身材便已如江河日下。肥胖臃腫讓年輕時那個美人離自己愈來愈遠，鏡中人愈來愈陌生。我們外國人看來覺得扼腕，她們則恐怕因爲身處其中，既是個個如此，也就不以爲如何了。

想來，都是美食的錯！

你想想，那些火腿啊、香腸啊、封肉啊、起司啊，更別說已成爲世界通食的披薩、義大利麵……沒有一樣不是引人垂涎的美食。義大利女人天天吃、年年吃，加之以慵懶無爭的民族天性，變胖怎能不成爲宿命！

職是之故，我有時在米蘭街頭，見到那種穿著穠纖合度的名牌，眼神睥睨，以優雅姿態牽著名犬遛大街的義大利女士，便不免要想：十年後的她，會是如何一番光景？

能不能逃過發福的魔咒倒在其次，比較確定不會改變的，應該是義大利人那「絕不隨手撿拾自己的狗兒大便」的「國民須知」吧。

否則，有關義大利的旅遊書上，也不會動輒警告「留意你頭上的鴿糞與腳下的狗大便」了。

說來說去，無論是男人的熱情浪漫抑或女人的皮相變遷，「民族性」這個幕後推手，眞是不容小覷啊！

享受一個人的咖啡館

什麼都不肯讓步或犧牲，還是別旅行的好。

到國外旅行，我向來睡不好。尤其是與台灣有六小時時差的歐美，甜甜睡上一覺從來不是我可以冀求的夢想。旅行中，我睡得少、睡得淺，但我從不抱怨，反而甘之如飴。在我心中，旅行之事天大地大，犧牲一點睡眠，算什麼？

所以我每每見有人到了歐洲還愁眉苦臉的嘆：「這些東西吃不慣啊，我就是有個中國胃嘛！」一聽這話我便不禁要啞然失笑，什麼都不肯讓步或犧牲，還是別旅行的好。

正午十二點，我們飛抵米蘭。長途旅行外加時差，其實整個頭是半昏沉的，但我心依舊雀躍。尤其與許久未見的大女兒手牽著手，幸福感便油然而生。我苦笑著對女兒撒嬌：「爲什麼幸福的時刻，卻總是那麼累啊？」女兒寵寵的笑看我，一切盡在不言中。

我們一行六人，兵分兩路。我想到對療癒疲累最是有效的甜點，於是二話不說，便殺進米蘭大教堂旁的冰淇淋店。

五月初，義大利的草莓正當令。鮮甜滑軟的冰淇淋一入口，全身每個細胞都醒了過來。

義大利的冰淇淋，總是好吃得令人難以置信。我連吃兩球，仍覺意猶未盡，但身體的疲累卻已然在甜蜜的撫慰下去除大半。

出發去托斯卡尼前，我們先乘船去五漁港一遊。所謂五漁港，共有五個漁村，全

是極富風味的美麗舊鎮。但五月的浪頭竟是驚人的高猛，載客量僅百餘人的遊船，晃來盪去的實在吃不消。

受了暈船的牽累，以致後來我們在最大的港口登岸時，衆人遊興已減了大半。我也只胡亂小逛了一圈，買了幾個小小的瓷杯，以爲紀念。

幸運的是，我們在托斯卡尼的住宿點，非常令人滿意。它位於距佛羅倫斯約四十分鐘車程之處，四層樓的石造建築，房間總數只有二十至三十間。我們被安排入住的每一間都極之寬敞，窗外是蔥鬱悠然的景致，遠山近樹，藍天無邊。一百三十歐元一間房，兩人對分，實在物超所值。

第一天到得晚，隨便在旅店吃了晚餐便早早休息。次日，我們依循人潮找了家義大利餐館。享用了淡菜、蝦、小卷、封肉，道道新鮮、美味。連同白酒，全部只要一百餘歐元。

附近有家專賣過季名品的Outlet，眾人約好了逛完餐廳見，便各自「巡狩」去也。經多年磨練，我在血拚一事上，早已練就老僧入定的功力，所以早早便在餐廳休息等人。心想至多兩小時，業已足夠大家買到提也提不動。

殊不知，這一等，地老天荒。

四點整，眾友人這才帶著一張張既疲憊又隱約透著遺珠之憾的臉，大包小包的回到集合點。

因爲不再嗜買，也因爲喜歡在旅人匆忙的腳程中停格，所以多數時候，相較於購物，我更愛尋間咖啡館，施施然看本自帶的小書，看看當地人。

不喝咖啡的我，在異國咖啡館裡，酷愛點杯熱巧克力，冬日尤其過癮。疲累的身心都因爲巧克力的撫慰而得到休憩與充電，我可以動輒坐上兩個鐘頭，興致來了也許加點個「投緣」的甜點。而後就這麼安坐著，看人比看書更認眞地觀察著那些或夫妻，或情侶，甚或父子、家族——旅行中，只要坐進咖啡館，對我來說，已然就是「享受吧，一個人的旅行」！

驚蟄之哈雷夢

夢幻坐騎近在咫尺，我的心裡，
擂著躍躍欲試的鼓。

在義大利的鄉間旅行，酒莊絕對是個好玩的選擇。好比我們此番，一人花上六十五歐元，便有專人導覽整個酒莊，並有專業侍酒師服務我們試酒。從年紀最輕的二〇一〇年份起始，一路尋幽訪勝，恰如溯溪般往年深歲久處行去。

酒，愈陳愈醇。人，愈久愈見眞章。

我們參訪的酒莊，原是一座古堡。古時與世仇連年征戰，直至某年兵疲馬困，兩個家族遂決定結親，弭平爭鬥。此去經年，後代子孫無力也無心維修古堡，爲免任其傾頽，便轉而種起葡萄，生產葡萄酒，古堡酒莊於焉成形。

如是的歷史轉折，竟教我想起「葡萄美酒夜光杯，欲飲琵琶馬上催。醉臥沙場君莫笑，古來征戰幾人回」的詩句來。

一杯又一杯的附庸風雅之後，我們決定去吃頓美食。路上巧遇超過五十台重機所

組成的哈雷車隊，聲勢眞眞驚人！聽著他們沉如悶雷的引擎聲，看著他們絕塵遠去，我在心裡豔羨萬分的想：

「要是能坐在上面，不知有多威風！」

想不到，等我們到了餐廳外，赫然見到那幾十台的哈雷，轟轟烈烈的停在門口，陣仗很是驚人。原來大家有志一同，選了同一家餐廳用餐呢。

晶亮黝黑的夢幻坐騎近在咫尺，我的心裡，擂著躍躍欲試的鼓。如果能坐上去，在這景色如畫的義大利鄉間小小繞行一下，該是多棒的經歷啊！

不甘只是空想，馬上拜託義大利文流利的友人，去向哈雷車隊說上一說：有沒有哪位英勇的騎士，願意載我這東方女子一程，小繞一圈，圓了我這輩子沒坐過哈雷的夢？

忐忑的等著，想不到車隊很爽快的答應了。

還推派了一位褐髮碧眼的年輕帥哥，說是待會兒吃完午飯，便載我兜風去。

我開心極了！美食當前，卻滿腦子都是哈雷。席間要上化妝室，必得經過餐廳中間那一大群騎士。我戴著墨鏡，頭垂得低低的，深怕不小心瞥見他們指指點點，促狹的交頭接耳：

「就是她，那個『肖想』坐哈雷的女人！」

這一頓午膳，因為正式，所以吃得非常久。當那望眼欲穿的一刻終於到來，我站起身，撫平衣襬，滿臉笑容的準備登車。

豆大的雨點夾帶著冰雹，突然在此時噼哩啪啦砸將下來！而且愈下愈猛。最後，連那種希望它速來速去的冀求也被砸熄了！

不可置信！飯前明明是豔陽高照的大好天氣啊！

我眞的失望至極。下著暴雨冰雹的天氣，濕透的哈雷機車，勢必不可能圓夢了。

朋友一旁安慰著說：

「老天疼妳，怕妳坐哈雷有危險，才阻止妳上車的啦！」

我看著她，欲哭無淚，一句話也說不出來。這個如春雷般驚蟄一響的哈雷夢，就這般來也匆匆、去也無蹤的未及開始，就已黯然落幕了。

PART6

美國 · 夢之國

阿拉斯加教我的「徜徉」

耳旁是呼嘯的風聲，景物在高速飛馳下，
幾乎堆疊如色塊。

小輩饒有興味的問我：「老師，您已經去過那麼多地方，最愛的是哪裡？」雖然早已知道自己心中的答案，我還是停下手中的筷子，認真的想了一想，然後非常確定的說：

「阿拉斯加！」

關於阿拉斯加的美與好，我已經在書裡（包括這一本）贅述過無數回。它總是一再召喚著我，回到那大山大水的懷抱中。老實說，此生若沒有遇見阿拉斯加，我不會知道所謂「徜徉」，究竟是什麼樣的感覺。

去年六月，我七度踏上阿拉斯加。親朋好友共十人，抱著如小孩兒遠足般的興奮心情，簇擁在遊輪甲板上，等待著我最愛的生物——鯨魚現身。

已然開放的冰岬，風景絕美。我們運氣好極，總共看到了六隻鯨魚組成的整個家族。牠們優雅又淘氣的忽而露臉、忽而隱身。龐然的身軀在海水與浪花的撫觸下，既是奇觀，也是一種難以解釋的柔情。

另外三隻，甚至在船側翻轉、揚尾，劃出完美的弧線入水，簡直像特意爲我們秀了一段舞蹈。

另有一次，女兒又去了一趟冰岬，居然見到一群座頭鯨。她一面對我描述當時景象，一面看我豔羨得猛搖頭。

「那群座頭鯨啊，先用嘴吹出碩大的海水泡泡，將鯡魚群團團圍住，再一起張大嘴——啊嗯，」她也張大嘴，「由下而上的，一口把鯡魚群呑進肚裡。」

像小房子般那麼大的座頭鯨，讓女兒大開眼界，她直嘆，眞的太壯觀了！

不只看鯨魚，我還去坐了「世界落差最高」的滑索。這可是連周圍的大男人們都避之唯恐不及的挑戰，我們三個女性，堅持要「不虛此行」。既來之，則坐之。

那個滑索坐位，是用粗繩纜編成的。當安全扣鎖都檢查妥當，前方的鋁門一打開，腳下就是萬丈深淵。時速九十公里的速度，一開始當然怕，飛一般的行經峽谷上方，耳旁是呼嘯的風聲，景物在高速飛馳下，幾乎堆疊如色塊。但當我正快樂的想要歡唱，卻已經到了。事後，同伴們抖著哆嗦問我：

「嚇死人了！妳有閉著眼睛嗎？」

「沒有，當然要張開眼睛啊！」我說，哈哈一笑，「這麼難得的機會，在半空中看美景耶，怎麼可以放棄！」

從前的我，最膽小、最怕死。而今的我，因爲旅行的鍛鍊，膽量與眼界就像快樂的能力一般，放大了！

到別人的故事裡攪局

夢遊的愛麗絲，
在美國英雄的地盤上出了大糗……

長途旅行，我向來最無悔犧牲的，便是睡眠。

知道自己在旅程中睡得淺、睡得少；知道「勞其筋骨」是熱愛旅行必得付出的代價，所以我從不因爲疲累而抱怨或動氣，頂多就是覺得自己沒那麼「腳踏實地」。比如此番遊紐約，我在傳給孫越伉儷的簡訊裡寫：

「我覺得自己每天都在夢遊耶！」

「那妳就是愛麗絲啦！」孫叔叔在回訊裡這麼說，還很促狹的以「小朋友」稱呼我。

於是我這「愛麗絲」，便很愉悅且無所事事的，一面在紐約晃悠、一面與時差對抗，但凡好吃好玩全都不忍見棄——結果，夢遊的愛麗絲沒遇上趕時間的兔子，也沒遇上紅心皇后，卻在美國英雄的地盤裡出了大糗。

那一天，與高采烈的與親友們去看「蜘蛛人」舞台劇——是的，您沒看錯，的確是舞台劇；而且據聞是史上耗資最鉅者。舞台劇到底不比電影，不能剪接，能做的特效也有限，所以在圓形的劇場裡，爲了表現那種令人目不暇給的戲劇張力，以及主角飛簷走壁的絕技，勢必要動用精密的道具機關與舞台設置。尤其，應劇情需要，蜘蛛人必須在觀衆席的上方高處飛過來、盪過去……可以想見，要在絕對安全的情況下達到目眩神迷的效果，是半點差錯也出不得的。

進場前，我還煞有介事的比出蜘蛛人的招牌動作，與工作人員扮成的蜘蛛人合影呢！

那麼，帶著時差的愛麗絲，究竟出了什麼糗？

我—睡—著—了！

儘管我極力抗拒睡魔，儘管我一直告訴自己不可以；但旅程中積累的睡眠不足，就像千斤厤袋那樣垂墜著我的眼皮。每一個盹醒，總覺又羞又驚，但不出幾秒又被睡意包圍……開場沒多久，我就這麼徒勞的屈服在睡魔的麾下。慘的是，我的頭不是往前點，若是如此倒也罷了，多少還可以喬裝掩飾一下。倦極累極的我，昏寐中，頭竟然反常的朝後仰。天可憐見，那眞是無所遁形，窘態畢露哪！

而且，我—坐—在—第—一—排！

整個上半場，我多半是瞌睡狀態。下半場則是清醒到不行，想來是睡飽了，外加

中場休息的二十分鐘，吃了點小點心，上上洗手間，失去的體力全補了回來。剩下的好戲，無論是補償演員們還是自己，我再也不能蹉跎。聚精會神的欣賞，細瞧每一處縝密的安排。蜘蛛人的身手矯健敏捷，老實說眞不輸電影。尤其舞台劇的臨場感，更容易讓現場觀衆覺得身歷其境。

爲了表現蜘蛛人在空中來去如風的奇境，凡須要特技效果的場景，就會出動多位演員同時扮演蜘蛛人。反正戴上頭套，穿上緊身衣，只要大家身材一樣，看起來就像只有一個蜘蛛人。當你看到蜘蛛人飛過簷腳，立時又飛了回來，就是在迅雷不及掩耳的速度下，已然有多人在替換。觀衆們驚呼連連，滿眼都是讚嘆與驚喜！只可惜女主角不夠美麗，身形也不夠好，唯獨唱功眞是可圈可點。這是坐在第一排的我，細細觀察台上演員之後的客觀品評。

謝幕的時候，出來了七、八位蜘蛛人，一字

排開，果真一模一樣。中間的那位是主角，笑得尤其燦爛。

坐在觀眾席上的愛麗絲，很努力的鼓掌，心裡十分誠懇的說：

「I am sorry！我再也不敢到別人的故事裡攪局了！」

紐約客就是最美的風景

在星期天的紐約，無所事事的品嘗冷風中的韶光易逝。

曾看人寫過：「重遊舊地，就像重讀一本書；也像重新認識一個人……於是你才知道，原來你們之間，還有這麼多的不了解！」說的眞好！

以前到紐約，爲的多半是公事，三、四天的行程，走馬看花外加僕僕風塵，這顆舉世知名的大蘋果，給我的印象眞是什麼都大，什麼都多，以及超極現代化，充斥金融色彩。除此就是混亂、髒、嘈雜、忙碌、活蹦亂跳、精力十足。

相較起巴黎這位優雅的中年人士，紐約就像個令人又愛又恨的年輕人。你說他不懂禮貌，他卻又學養豐富；你說他不解風情，他卻又有時浪漫滿懷；你說他魯莽衝撞，他卻也細膩古典……

於是，當我打定主意，想用十天假期好好深入了解紐約，「無所事事」便成爲我此番紐約行的旅遊宗旨。

所謂無所事事，是一派輕鬆寫意的態度。除了幾家必須預先訂位以免向隅的餐廳，其它時間我沒有一定的行程。將近十天都住同一家飯店，每天好整以暇的出門，哪一天要玩哪裡，全都隨性。

問問自己，你有多久沒有無所事事？那種極度的自由自在，心上不必繫掛任何包袱，你可知是多大的幸福？

抵達紐約的首日，是個禮拜天，氣溫只有攝氏三、四度。我與女兒到飯店Check in後，隨即手拉手壓馬路去。

我想好好體會星期天的紐約。

呵氣成霜的低溫中，我在第五街附近，時不時便遇見穿著貂皮大衣的紐約仕女，牽著名犬蹓躂。主人毛茸茸、狗也毛茸茸，老實說那景象還眞是好看。男士們則是筆挺西裝，外加質地講究的風衣，手拿皮革公事包。無論年輕年長，步履間盡是瀟灑自信。

創意風也隨處可見。也許是一雙質感很好的球鞋配一款優雅的窄版長裙；也許是一件領口綴滿羽毛的復古外套下搭一條刷白的牛仔褲。充滿衝突的元素，組合起來竟能造就出令人激賞的視覺效果。我必須說，這些很會穿衣服的紐約客，某程度顚覆了我向來認爲「美國人穿衣太隨性，有時甚至到了邋遢地步」的刻板印象。

也許，熟諳穿衣哲學的美國人，大部分都集中到紐約來了！

行經十字路口，剛好有個騎馬的紐約警察停下來等紅綠燈，我把相機遞給女兒，忙不迭的說：

「快！拿他當背景，幫我照一張！」

女兒舉起相機，按下快門卻笑不可抑。原來這看似嚴肅的中年騎警，知道自己也進了照片，竟然在馬背上，衝著鏡頭比出勝利手勢，出人意表的配合演出，眞的只有「可愛」可以形容。

洛克菲勒中心前的溜冰場，正在做開放前的最後整理。只見整冰車來回梭巡，以便將冰面弄得平整。接著一位女性工作人員上場試溜，她幾乎鉅細靡遺滑過場中每一處。衆所周知，美國因爲強調人權，一個不小心就會挨告。若不在事前將防禦工事做足，萬一有人因此摔倒甚或受傷，保證商家吃不了兜著走。

我們這些無所事事的觀光客，就佇留在場邊，饒有興味的看著他們準備停當，然後收票，開放入場。

天寒地凍，在灰撲撲的摩天大樓群環伺下，米白色的溜冰場中，打扮得五顏六色的人，有大有小，全都吐著熱氣，足蹬冰刀，盡情在場中飛馳，看得我們好生羨慕——如果我也能下場悠然奔馳一番，不知有多好！

然而，笨手笨腳、不會溜

冰的我，在星期天的紐約，無所事事的品嘗冷風中的韶光易逝，又不知要羨煞多少庸庸碌碌的人呢！

連成人的心也融化

曾經搭過的馬車沒坐成，不曾進去過的玩具城倒是首度踏進了。

多年前的美國電影「小鬼當家」紅極一時，古靈精怪的小男主角麥考利克金一砲而紅。第二集的主場景就設在紐約，那一間他用爸爸的信用卡入住的**Park Plaza Hotel**，在電影中出盡鋒頭，從此成為全球知名的高級飯店。

廣場飯店歷史悠久，充斥著輝煌的舊時氛圍，十幾年前曾是我對紐約初初驚豔的一部分。但它那有著圓柱、垂幔，並且過於柔軟的古典床榻，在我的記憶裡，並沒有與舒適劃上等號……所以，當此行我預計要在紐約住上將近十天，便選擇了空間寬敞的四星現代化飯店，與女兒要了一間有客廳的套房。她睡客廳，我睡臥室，兩人共用衛浴。我這已被現代化寵壞的現代人，少了「古典」的束縛，果然自在多了。

飯店臨近第五大道，夜半小巷裡總有垃圾車出入，眞要細究起來，其實也挺擾人。但我說了，旅行中短淺的睡眠我早已習慣到不以為意。靠坐床頭看看書，也是一種無所事事的幸福。

雖說捨棄了廣場飯店的「住」，但我沒錯過它的「食」。某天早上我與女兒特地去吃了派克的早餐。我們打扮得體體面面，坐在優雅美麗的餐廳裡，享受一流的氣氛、服務，以及細緻的餐點。一個人約三十五塊美金（合台幣一千元左右），我深覺值得。

一面品嚐著早餐，我突然想到麥考利克金。環視四周，當年電影中的飯店，如今仍是人們眼中屹立不搖的巨星；可是當年那個小小年紀便已風靡全球的可愛男孩，而今卻是身陷吸毒、沉淪醜聞，形容枯槁憔悴，失了光環也沒了自尊的落魄青年……時移事往，事在人為，麥考利克金之於派克廣場飯店，實在足堪我們深思與借鏡。

飯店對面，就是紐約中央公園。我本來自信滿滿，以為此行天數夠多，理所當然可以搭到馬車，重溫十餘年前的舊夢。沒想到所謂無所事事，竟然也能從早玩到晚，「坐馬車」這件事因此一延再延。直到回國，我始終沒時間坐上那充滿美好記憶的位置，施施然行過紐約街道。

曾經搭過的馬車沒坐成，不曾進去過的玩具城倒是首度踏進了——

老實說我以前對玩具城很不屑，總覺得那是小孩的玩意兒。經過不知多少遍，從未動念進去走走。這回不知怎麼，童心大起，先是見到門口一黑一白兩位足足兩百公分的眞人玩具兵，問他們可不可以合照，兩位帥巨人欣然應允。我本來就是小個兒，站在他們中間更成了無以復加的迷你Size，畫面既難得又有趣。

走進城裡才眞是大開眼界，滿坑滿谷的玩具，即便連一樓到二樓的階梯旁，也幾乎毫無空隙的擺滿了讓小孩瘋狂的玩意兒。糖果屋裡更是誇張，要多大有多大的棒棒糖，琳琅滿目的招搖著……

如此的幸福之地，想來不只是小孩，恐怕就連成人的心，也有融化的危險吧。

從泛著甜蜜的童夢裡出來，我們信步來到蘋果電腦總部。它的位置在一處大樓的地下室，入口處做了碩大的玻璃框，遮風擋雨外也突顯了它的現代感。站在廣場上，透過框內的階梯往下看，人滿為患。

那裡面每個人的頭頂，在我看來，隱約都浮著美金標誌。萬頭鑽動，蘋果焉有不賺翻的道理！

女兒問我要不要下去看看，我搖搖頭，一點興趣也沒有。那是3C迷的玩具城，不會有我的駐足地的。

倒不如，再信步走走，在栗子攤、熱狗攤的香氣競逐間，細覽深秋的紐約街景。

不造作的米其林一星——Bouley 餐廳

甫踏進餐廳大門，眼睛便被亮紅色填滿……

紐約行前，不只一個朋友推薦我，要吃高檔美食，絕不能錯過最富盛名的三星餐廳——「丹尼爾」。

「眞的棒到不行！」朋友們的說詞如出一轍，「雖然價格不斐，但妳絕對會覺得物超所值！」

有這麼多老饕拍胸脯替丹尼爾背書，我那貪心的味蕾怎可能落於人後！未及啓程，便將「丹尼爾」三個字牢牢鐫刻於腦海。

怎知到了紐約，幾個在美國長大的小輩一聽我提丹尼爾，馬上搖頭：

「不要去丹尼爾啦！我們去另一家—是從丹尼爾出來的師傅開的，價格又不到丹尼爾的一半，很棒喔！」

於是，在地人負責訂位，我這個台灣來的觀光客，活脫就像劉姥姥進大觀園似

的，滿懷好奇的被帶到了「Bouley」。

驚豔之旅竟從進門那一刻開始——

我們甫踏進餐廳大門，眼睛便被亮紅色填滿。頂天立地的木頭架子上，整整齊齊排滿了紅澄澄的蘋果。那架子顯然是專為擺放蘋果而訂製，高矮寬窄都剛剛好。那麼多的蘋果，空氣中自然溢滿了清甜的果香……

簡單不造作的設計，卻巧妙的兼顧了視覺、味道、氣氛。

我們寄放好大衣，再往裡走，設在玄關的等待區又是另番情調與風景。牆上一幅繪著白色百合的大型壁畫，優雅從容，引得我非拍照留念不可。

餐廳裡以金與古銅爲主色，搭配圓拱型建築，追求復古，卻又低調奢華。就連洗手間也無所疏漏，他們善用絲絨等元素，將之妝點得如同古典沙龍，實在很美。

但凡高級餐廳，午、晚餐的金額多半差異驚人。我們便是選擇午餐時段的套餐，一人五十五塊美金（約台幣一千六百五），不至於吃垮自己，卻能嚐到難得美味。沙拉、湯、甜點，無一馬虎。

我點的野生煎鮭魚，穠纖合度，軟硬適中，一旁添加的柚子味佐料，清爽宜人。香菇與螃蟹的攜手合作也令人大開眼界。菌類的芳馨襯之以海鮮的甘美鮮甜，簡直是雙贏。還有蒸蛋，頂級奢華版，因爲上面灑了——黑松露！

我們四個女生，共點了三份套餐，剩下的自忖胃口小，所以單點。想不到上甜點時，沒點套餐的居然也有一份。本來以爲是店家弄錯了，但侍者笑盈盈的對我們說：

「因爲三位小姐都有甜點可以享用，只有一個人沒得吃，太寂寞了，所以我們決定多送一份！」

哇！您瞧，How sweet。

沒去丹尼爾，又如何呢？我從善如流地選擇了Bouley，事實證明，從眼睛到嘴巴到心，無一不滿足，無一不歡欣啊！

【註】Bouley　地址：163 Duane Street, New York 10013

在紐約遇見戰馬

馬兒真的上台了，其駿美雄壯，
完全不輸電影裡的那一匹……

好萊塢大片《悲慘世界》堪稱今年度全球影迷矚目的盛事，身邊不少朋友更是殷殷討論著。畢竟雨果這部膾炙人口的文學鉅作，實在太經典，無論是電影抑或歌舞劇、無論搬演多少回，總讓人一看再看，不忍捨棄。

我與《悲慘世界》的第一次相見，是在多年前的英國倫敦。當時我只能算是個啓蒙未久的旅遊新鮮人，什麼事都衝在興頭上。明明早上六點才剛下飛機，中午卻已經在倫敦劇院坐定，等著欣賞《悲慘世界》。

一旁陪著我的朋友，可憐兮兮的露出快昏迷的表情，告饒說：

「眞恨不得有兩根牙籤！」

「牙籤？」我還兀自興奮著，哪裡想得到旁人「捨命陪君子」的處境，「你要牙籤幹嘛？」

「撐住眼皮啊！」朋友苦笑，「不然我保證一定睡著！」

朋友後來究竟睡著了沒，老實說我根本無暇顧及。在倫敦劇院的英式古典氛圍中，我完全沉浸於法國文豪筆下那苦難動盪的時代。目光緊緊追隨著台上的演員，他們的貪嗔喜怒牽動著台下這個視時差為無物的旅人。我的眼淚，因為那可憐的母親芳婷而簌簌滾落，更因為矢志行善的尙萬強而洶湧澎湃。演員們淋漓盡致的體現了雨果筆下的時代表徵，人性的美善與醜惡，在歌聲中糾葛迴盪……自此我對歌舞劇與歌劇便種下難以戒除的癮頭，無論旅行到世界各地，有劇可看，從來不願輕易放過。

十月的紐約行，我便看了《戰馬》舞台劇。

此劇我在台灣已看過電影，非常喜歡。男主角自小與那匹神駒之間的情誼，一路延伸至彼此成年，並在戰火中屢屢波折，最終得以團圓。當初在電影院裡，我不知座中泣下多少回！電影拍得很好，氣勢磅礴，導演運鏡收放得宜，加之以如今電影特效的無所不能，我止不住更加好奇與懷疑：將這樣的題材搬上與觀衆直接接觸的劇場舞台，如何突破限制？如何讓人進入劇情？如何感動人心？

尤其是，那匹馬，怎麼辦？

讓我驚異且佩服萬分的是，馬兒眞的上台了——其駿美雄壯，完全不輸電影裡的那一匹！你簡直難以置信，一匹不知是由鐵片抑或竹片編製成的道具馬；一匹原本沒有生命，只由三名隱身其內的舞台劇演員操控的假馬，居然眞能讓人給演活了！

舞台上，這頭美麗的巨獸，時而凌厲驃悍，時而哀傷嘶鳴；快樂時昂首揚塵，憤怒時吐氣凌蹄……情感的表演幾幾乎無懈可擊。我在台下看得十二萬分感動，心想這是需要多麼深厚的表演素養，以及多麼煩瑣無厭的訓練，才能臻至如此境界！

讓人想大豎拇指的還有男主角。因爲是舞台劇，情境不如電影那般要什麼有什麼，至多只有布景陪襯，其演技的考驗自然更形艱難。然而男主角的演出眞眞盪氣迴腸，尤其與馬兒之間的對手戲，細膩到位的程度，令我幾度紅了眼眶。

我的座位很前面，是那種鉅細靡遺，優劣都無所遁逃的角度。職是之故，男主角的長相遂成了我雞蛋裡挑骨頭的唯一反面意見。在我看來，他的鼻子太塌，以至不夠俊美（或者是我先入爲主的受了電影版男主角清新帥俊的樣貌影響）。即便如此，仍然絲毫無損於他優異的表現。此劇嘔心瀝血，我深自慶幸，沒有錯過如此精采的舞台佳作；讓我眼界大開，見識了藝術成就的無限可能。

PART7

世界・遺珠

在以色列感受神的恩典

我需要旅行，一步一腳印，眼見為憑。

沒去以色列之前，我一想到就敬而遠之，總覺得那樣的旅途絕對苦不堪言。一個黃沙蔽日、缺樹缺水的國家，又總有戰事威脅，如果以人的相貌比擬，想必是形容枯槁，沒有半點令我想要探訪的情緻。

然而隨著年歲增長，對於旅行的框限，一樣一樣的寬宥了。藩籬既是我自己設下的，有朝一日要將之撤除，又何難之有？

主意既定，我與親友一行共十九人，就這麼踏上了以色列的土地。

天氣眞熱，我的裝束與在埃及時差不多：遮陽帽、長袖外套、太陽眼鏡；防曬乳一樣卯起來擦。但是眞正身臨其境，心情反而比兀自揣測時篤定得多。我們到的時候，適逢猶太人的「住棚節」，到處人滿爲患。房子邊、露台上，這一頂那一頂的搭著此起彼落的帳棚，如同碩大的傘，一朵一朵的倒也開成了一種特殊的異國氛圍。

以色列的居民以猶太人爲主，男人多著黑袍、戴高帽。女人則穿著白襯衫、黑裙

子，很是素樸。更奇特的景象是孕婦極多，簡直到了每個街道都能遇到的盛況。而且常常是大腹便便的婦人，左右兩手各牽一個小孩，一旁的先生推著的嬰兒車裡，赫然還躺著一對雙胞胎！純粹以目測計算，他們一個普通家庭，少則三、四個小孩，多則五、六個，而且雙胞胎比比皆是。

希特勒當年屠殺猶太人，而今，猶太民族開枝散葉，證明了生命的堅韌與強大，豈能被輕易滅絕！

再由風景上說，這幾年，猶太人也懂得植樹了。當我們看到一叢叢小樹苗，被栽植在缺乏雨水滋潤的土地上，心裡還是不禁要燃起希望，揣想著若干年後綠樹成蔭的景象。事在人爲，以色列人應該比誰都要懂得這個道理。

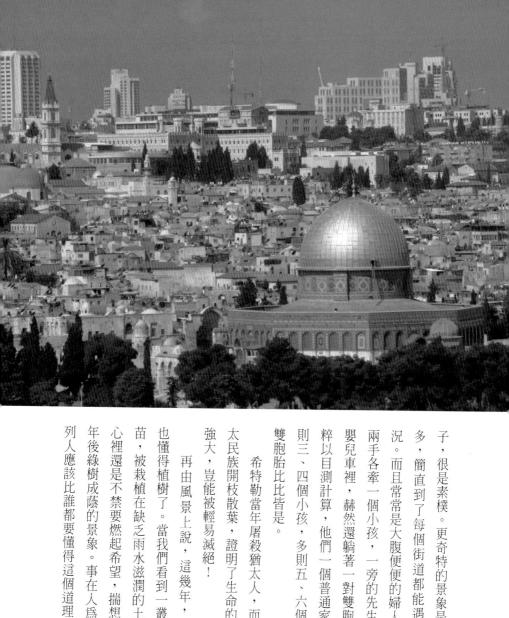

行程中，我們乘坐造型古典的木船，一遊加利利湖。令人意想不到的是，船行至湖中，船家竟為我們這些台灣遊客舉行了升旗典禮。大家一面開口唱著國旗歌，一面看著青天白日滿地紅的國旗在微風中冉冉上升。也許是身在異鄉的緣故，每個人的哭點都莫名降低了，只見所有人的眼裡，簌簌的泛出淚來！

上岸後，在湖邊的餐廳吃魚。那是一種名為「聖彼得」的魚，個頭很大，用炸的。口感酥脆，吃來倒也特別。

再經過約旦河，已經快要晚上六點，河中進行的受洗儀式已近尾聲。這條河，曾經是施洗約翰為耶穌受洗之地。若能在此受洗，是何等榮耀！我的一位親戚與一位好友，剛信奉基督教未久，但還未正式受洗。當她們決定在此受洗後，我奔去專門出租受洗衣服的櫃檯，即使已過了開店時間，我仍努力的用一口破英文懇求店家，說我們遠道而來，這是唯一的機會，無論如何請讓我租用袍子。本來店家說不行，但後來約莫是受了我的誠意感動，還是租給了我。於是我又急急奔回去，讓她們及同行的柳牧師穿上專門用於受洗儀式的白袍。她們穿上後，走進河中，進行儀式。讓我大為意外且感動的是，師母當時穿的是漂亮的衣服，但她不顧一切走入河中，幫忙牧師扶持受洗者，以免危險。我想起聖經中的話：「才德的婦人，遠勝過珍珠。」

我們站在河邊，齊唱聖歌。這深具意義的地點及景況，讓觀禮的大家及受洗者本人，都受了深深的感動。

我們也行過了「苦路」，這是在十七世紀時，由聖利安納宣揚的一種天主教儀式。藉由重現耶穌被釘上十字架的過程，進行十四處的朝聖，是接近與感謝天主的一種方式。一個教徒，能夠行過當年耶穌行過的苦路，實在十分榮耀。我覺得自己似乎也隨著耶穌的腳步，走過了歷史，見證了一切，心中感動得無以復加。我想起耶穌臨死前說的：「原諒他們吧！因爲他們不知道自己做了什麼。」以及他嚥下最後一口氣前，又說了兩個字：「成了！」代表他已完成了替世人的贖罪。我又想及當年耶穌因爲世人的自私、無知與嫉妒而被釘死，而直至今天，人類不也一樣仍舊在自私、無知與嫉妒的泥淖中受苦嗎？

著名的哭牆，人山人海，想擠進去十分困難。我告訴自己，無論如何一定要摸到它。我看到許多人將自己的願望或禱告寫於小紙條上，塞進了哭牆的石縫間。當我隨著絡繹的人潮緩緩前行，終於觸摸到牆面時，腦海中是對自己人生的省思。我想放下

的是世事的紛擾，人間的恩怨。當你定睛看神，世間的一切都顯得微不足道了。我默默禱告，想要一個放懷暢笑、天空海闊的人生觀照。

人生不過幾十年，每天都會如飛而逝，人一切都會逍逝，而哭牆一直屹立。一批批朝聖者來了又走，反顧自己沒有任何永恒的東西，不須太執著計較。讓人開始思索什麼最可靠。

以色列盛產椰棗，紫黑色的椰棗很大一顆，製成的零嘴有的夾核桃，也有的包著橘子皮，味道都十分可口。老實說，當我見到高掛在樹枝上的「本尊」時，嚇了一跳，「原來椰棗長在樹上啊！」我心想，「而且顏色是嫣紅的，好漂亮。」

所以，我需要旅行。走出封閉的象牙塔，一步一腳印，眼見爲憑，才能彌補自己的無知，修正荒謬的自以爲是。

我很高興，自己終究是去了以色列。

充滿驚嘆與嗟嘆的國度

有關於埃及的一切，都有輝煌作為註解。

關於埃及，我始終有一種既敬又怕的心情。

敬它，乃因它是傳說中的古文明：是尼羅河孕育出的金色國度——但凡長遠大河流經之處，生命與人文必隨之而興。我崇敬埃及的歷史，對我來說，這個始終像是包覆在一層金色薄翼下的境域，總是隱約閃現著一種輝煌的神秘！

沒錯，就是「輝煌的神秘」！未踏入埃及之前，無論是金字塔、人面獅身斯芬克斯、法老王、埃及豔后克里奧佩屈拉、壁畫……所有關於埃及的一切，都有「輝煌」作爲註解。你不得不說，這眞是一個連沒落都讓人不容小覷的國度。

而它的炎熱令我生畏。無邊無際的沙漠，烈日因此更加灼身。白日裡，動輒飆破攝氏四十餘度的高溫，讓我的防曬乳以驚人的速度在消失。我不停的補擦，外加帽子、絲巾、太陽眼鏡、長袖外套，就怕自己也鍍了一層「埃及的輝煌」回來。

我們投宿在Mena House，就是當年蔣中正、羅斯福、邱吉爾三巨頭簽署「開羅宣言」的地點。爲了不枉千里來此，我們還特地塞了一些「小費」給服務生，請他們開了當時蔣中正夫婦住的房間，讓我們進去參觀。陳設半點不見豪華，甚且十分簡樸，但格局寬敞舒適。歲月如貓足，悄聲躡過，再輝煌的過往，也就這麼漸漸的淡淡的融進了歷史的牆柱裡。

入夜後，有以金字塔爲背景的雷射燈光秀。我們早早便買好了票，就爲了體驗臨場的震撼感。

甫開場，低沉的男聲配合的炫目的雷射，娓娓訴說著金字塔的歷史。我一聽，渾身都竄起了感動的雞皮疙瘩。

半個多鐘頭的表演，現代的多彩雷射光與古典的沉靜建築結合，著實美不勝收。

這讓我想到作家余秋雨先生在《千年一嘆》裡書寫的，當他在金字塔前，觀賞了歌劇《阿依達》，他的感想是：

「金字塔和沙漠都有自己廣大的生命，現代人的藝術創造只有應順它們、伺候它們，才能在它們面前擺弄一陣。」

金字塔是眞的大、眞的神奇。它們右傍尼羅河與開羅城，左臨撒哈拉大沙漠，在白天烈日的光芒照耀下，尤其有懾人氣勢，我聽了早一步進去參觀的朋友規勸，沒有踏入。朋友說：「裡面空氣非常差，除了石壁還是石壁，麗穗妳走不了十五公尺就會昏倒了！」於是我只在外面拍拍照。保持適當的距離，也許更能明白它的偉大與不

可思議吧！或許便能解釋，為什麼很多人會選擇乘坐熱氣球。想來，自高空俯視古文明，又該會是怎樣一番了不得的千秋氣象啊！

開羅的博物館非常值得推薦，古埃及文物保存得完善不說，真的讓人連連驚嘆的，是其工藝的精緻與巧思。即便只是一張座椅，那種線條、雕金、造型，符合人體工學的設計……就連參觀過米蘭家具展的我，都不得不佩服古埃及人的工藝，委實勝過現代。又或者，只是一件雕像，也要讓人驚豔於它明亮且光耀的雙眼，所謂藝術「眼光」，幾幾乎已臻精湛。

在埃及，飲食必須小心。他們沒有什麼熱食，多是薄餅包捲生菜一類的主食。加上氣候炎熱，食物保鮮不易，同行的兩個朋友就因此拉了肚子。此外，當地盛產石榴，豔紅的石榴汁十分美麗，也很可口，不妨一試。

埃及是個靠祖先吃飯的國家，多的是不事生產勞動的大男人，鎮日坐臥在安全島上，懶散到你不敢相信的程度。走在埃及街頭，你感受不到什麼生氣，這樣的國家會窮困落後，實在一點都不奇怪。我們的旅途中，朋友缺一把牙刷，尋來尋去就是找不著半間雜貨鋪，更遑論便利超商之類的設施。

一把牙刷看一個國家的經濟，一件古代藝術品看一個民族的天賦；埃及，真是一個充滿著驚嘆與嗟嘆的國度啊！

與世無爭的十六湖

五個人鴉雀無聲，不想交談，
也不忍交談。

「結廬在人境，而無車馬喧。問君何能爾，心遠地自偏。採菊東籬下，悠然見南山。山氣日夕佳，飛鳥相與還。此中有眞意，欲辯已忘言。」

這是陶淵明的詩句，我向來十分喜愛。雖然言簡意賅，卻又美不勝收。中文之美，在此詩作中被發揮得淋漓盡致。縹緲安澹的人間仙境，似近還遠。然而詩句誦背得再熟，卻終究只是紙上夢土而已。

想不到，有那麼一天，遠在克羅埃西亞的十六湖，竟然意外讓我尋到了古人筆下的香格里拉。

要去十六湖，可由維也納驅車，經過邊界，進入克羅埃西亞國境。路上遍野山林，心曠神怡。十月深秋，深淺不一的紅葉遍布這小小山林。搖曳閃動的紅光綠影，襯映著那些依傍著山腰，錯落有致、層次分明的紅瓦屋舍，還未深入遊逛，已經是美景難再得……

卻不知，好山之外，好水又來錦上添花。

湍湍小溪流經我們腳前。站在溪邊，抬首望向對岸；只見這溪水宛若一條綴著金鑽的腰帶，自眾屋舍前優雅且輕巧的穿行而過，紅瓦屋頂上，縷縷炊煙裊裊入空……

「採菊東籬下，悠然見南山」，美景如此觸手可及，我簡直不知如何是好。

許是爲了順應這淙淙輕唱的小溪，山林裡的路面都是木板棧道；既能暢行無阻，也不必擔心泥淖礙足。縱使我們去的時候，下著微雨，卻反而更添朦朧意境。

空氣是冷沁的。我穿著毛衣、皮外套，與友伴們各自撐著傘，不曾稍歇的在棧道上走著。五個人鴉雀無聲，不想交談、也不忍交談，只顧感動而貪婪的默聲欣賞這人

境中的仙景。

水氣氤氳，衣服上隱隱浮漾著一層濕意。但沒人抱怨，因爲每一轉彎，便又是一處奇巧新景。

吃了中飯，稍事休息，便又義無反顧的繼續遊逛山林水影。眞的，整整走了一天。

十六湖的詩情畫意，因爲遺世獨立而更形美麗。我也曾震懾於加拿大魁北克的漫天楓紅，那當然也是動人的美。然而相較起來，十六湖那種與世無爭的悠然情境，卻更是令人心蕩神馳啊！

寶藍蒼穹．驢子．希臘

我啞然失笑，想像著窄小山徑上那緩步馱行的景象。

「妳要坐車還是騎驢？」

妹妹站在希臘聖多尼尼島的港邊，興奮的問我。

坐驢子，五歐元；搭纜車，十五歐元。目的地都一樣，美麗的山丘頂。

我抬頭看看那深藍卻瑩澈的晴空，看看毫無遮蔽，如水銀瀉地的耀眼日光；再瞧瞧那吐著溫熱鼻息，褐灰色尖長耳朵的四蹄「轎夫」……

「坐纜車。」我說。

「那我可要騎驢上山啦！」妹妹瀟灑的揮揮手，在驢伕的幫忙下，爬上了驢背。搖搖擺擺、蹬蹬蹬的走了。

顯然大多數遊客都跟我一樣，貪方便、圖舒適，以至於妹妹早已走了老半天，我還在搭纜車的行伍裡引頸鵠候著。整整排了一個多小時，才終於坐上車。

待姊妹倆終於在山頂上相會了，正要開口坦承自己的選擇錯誤，妹妹卻先我一步抱怨：

「還好妳沒騎驢！」她一邊揮汗一邊說，「驢背很不好坐呢，而且沿路還有驢大便，好臭！」

我啞然失笑，想像著窄小山徑上那緩步馱行的景象……被烈陽烘烤的驢糞呀，有一陣沒一陣的散放著「薰風」，妹妹在驢背上汗如雨下，也算是難得的旅遊經驗吧。

山丘頂上有爿賣店，我逛了逛，沒買什麼。聖多尼尼所「勝」最「多」乃風景，所以我只消裝進滿眼滿心碧海藍天，足矣。

去吃中飯，得先走段路，再搭巴士。我們一行十幾個人，散步似的走著。貓咪慵懶的在路邊曬著太陽，當地導遊邊走邊哼起歌來。然後，他突然牽起我的手，隨性帶著轉了幾圈。大夥笑著拍手，極之輕鬆愜意。

吃飯的地方是個臨海的小咖啡館。簡單的搭著遮陽蓬，談不上精緻，但那厚厚的白圍牆，隨意擺置的瓦甕，受充足日照豢養眷顧的繽紛小花……舉目所及，不見半點繁華嬌氣，只有本該屬於希臘的淳厚、自然，卻又散發著一種遠非精工雕琢所能匹敵的美。

料理美味與否，因爲深受美景的蠱惑，我反而分辨不清了。只記得吃到不知名的海魚，異常鮮美。

潮風吹拂，遠處近處，高高低低，無盡延伸的石階或土坡。圓圓的教堂，鐘聲在

波光瀲灩中迴盪，安謐、沉靜。還有那藍頂白牆，童話般的房舍……而那澄澈一如藍寶的蒼穹，眞眞只有余光中的詩句可以形容：

「天空，是多麼的希臘。」

香江半日

誰知道吹皺的一池春水裡，
會有如何不同的風景？

以往去義大利，我總搭長榮的班機，由台北直飛。但今年五月的托斯卡尼之行，許是受了春風的尾巴撩撥，就是想換換口味，所以改搭國泰航班，經香港轉機，再直飛米蘭。

旅行，有時是一連串習慣的集合。習慣的路徑、習慣的行李、習慣的行程安排與作息；既然我還有精力和勇氣打破既有的習慣，何不乾脆重組一番？誰知道吹皺的一池春水裡，會有如何不同的風景？

我與朋友一行四人，早上十一點左右已飛抵香港赤鱲角機場。距離子夜一點多往米蘭的飛航班次，尚有將近十四個小時；託運的行李又不必取出，直接隨轉機至米蘭。如此充裕的遊樂時間，豈可放過！我才不要虛擲大好天光。於是我們興高采烈的離開機場，香港半日遊去也！

既然已在飛機上用過了午膳，下一個目標當然是半島酒店的英式下午茶。他們的司康（Scone）向來是我的最愛，配上用心打發的，如雲絮般的奶油，以及鮮甜不膩的果醬。只要有這個，三層下午茶盤上的其餘糕點，我都願意捨棄。

與朋友們坐定下來，攏攏頭髮，在寬闊挑高的空間裡長吁一口氣，閣樓上的樂隊奏著輕軟悠揚的音樂，送入口中的司康還是那麼好吃。

明明一切如常，但不知爲什麼，在人聲鼎沸的半島酒店裡，樂聲聽來卻不如往昔悅耳了。

如昔精緻的器皿、如昔好喝的茶、如昔可口的點心；甚且服務也是如昔的到位——然而整個空間裡，過去那種優雅與從容不見了；取而代之的是喧囂的談笑，人潮多到簡直像排隊領賑濟物資。我慢慢品著司康在口中的香甜，漸漸明白，這下午茶走味的，是整個氛圍。

帶著淡淡的悵然離開半島，我們轉往置地廣場，完全的Window shopping。今年流行薄紗與蕾絲，於是滿眼盡是浪漫元素。我們不挑、不買，只顧著吸收流行資訊。心想下一站既是時尚之都米蘭，再說此時又是旅程初始，何苦在這種時候血拚？輕輕鬆鬆的逛街，守住荷包，爲往後的旅程「預留後路」，其實也挺快樂！

晚餐吃以燒鵝聞名的「鏞記」，梅子沾醬眞是讓人吮指再三。給您的建議是，除非預算很充裕，否則不要點蒸魚，因爲貴。我們四個人，連湯都只點今日例湯，配上燒鵝，便已經濟實惠，吃得心滿意足。

九點多，飽食一頓後回到赤鱲角，時間還有一大把。足夠我在國泰航空的貴賓室裡洗個澡，卸掉一日殘妝，好好休息一下。朋友們餘力十足、意猶未盡的逛著機場裡的各式商店。時間一到，大夥輕輕鬆鬆的上飛機，十二個小時之後，我們就置身歐洲了。

利用轉機空檔的香江半日遊，所費不多，但輕鬆愜意，且在旅程初始，踏下了愉悅充實的一步。

尋常時日裡的心動氛圍

自己心目中慢悠悠的香江早晨，
不該就這樣隱沒在雜沓的市聲裡。

在世界各地旅行，對於庶民美食，我總是難以抗拒。有時候食物本身不見得是吸引我的原因，那種在尋常時日裡蒸騰的熱氣與氛圍，才是最讓旅人心動的。

比如香港的早市。一早飲茶是香港人的習慣，老一輩的香港人，蹺起二郎腿，一壺茶就可以坐上半天。以前去香港，我很喜歡看那慵懶的市街景象，有一種說不上來的，接近張愛玲小說的情調。

可嘆的是，近年因爲外國遊客愈來愈多，爲了做生意，老闆不可能再放任當地人如此悠閒的在自己店裡「過日子」。於是，老香港人悠閒喝茶的畫面愈來愈少，吵雜喧鬧的場景愈來愈多。自己心目中慢悠悠的香江早晨，不該就這樣隱沒在雜沓的市聲裡。可惜啊，我暗暗慨歎著。

陸羽茶館也是，歷史悠遠，至今仍是人未到，已先聞茶香。座位旁的痰盂也仍依著傳統擺放著。但服務生們，也許是做太久了，全都是傲慢的老油條樣，從來吝於給個笑容。

我兀自唏噓：所謂老店，最可貴的不就是沉澱在歲月裡的那份人情味嗎？

菠蘿奶油與絲襪奶茶是香港兩大庶民美食。前者將兩大塊奶油塞在香酥的菠蘿麵包內，一口咬下，奶油會在齒頰間化開。美味的程度足以令你暫時將防三高的健康守則放在一邊。後者的茶葉是磨碎的，再以絲襪過濾。茶香奶濃，滋味很不一般！

香港有名的撈麵，我並不怎麼鍾情，覺得口感嫌硬，沒有台灣麵條軟嫩。但我喜歡他們的河粉，又細又清，湯頭又好，再加點彈牙的魚丸、魚板，於願足矣。

想吃高檔的，幾家酒店的早餐都不會令你失望。麗晶酒店的煎餅、各式各樣一大盤一大盤的水果、種類繁多的冷盤——W飯店的優格，用小小的牛奶瓶狀的玻璃瓶，一盅盅的盛裝著，視覺上眞是極大饗宴。以及不可不提的，令人嘆爲觀止的櫥窗擺設——那些互相堆疊的碗盤、杯具，以不可思議且千鈞一髮的角度宣示平衡美。就連我拍照的時候，明明知道它們很穩妥的被擺置在玻璃門後，還是不由自主的屏住了呼吸。

美食襯以美景，絕對錦上添花。這幾年香港新酒店輩出，競逐激烈，但先生最愛始終是老字號的麗晶。因爲它占盡地利之便，尤其三樓的房間，在視線上，幾與海平面齊平，當你躺在床上，直覺海水就在窗邊。舒適愜意，眞眞伸手可及。

從平價到高檔，從熱氣蒸騰的市街到潮風撩人的港邊。時移事往，有多少美食、美景、人情，是旅人心中不可更迭的圖騰呢。

北京的「格格吉祥」

當我一站上石板路，不知怎麼身體裡那股中國魂就跑出來了。

這幾年，我去北京不若跑上海那般頻繁，所以對我來說，北京始終像是個觀光地；而我，始終是個懷著好奇心的旅人。

第一次踏進北京，是在一九九二年。當時幾條交通要道如二環路、四環路都正在建設，車過，到處都是飛砂走石。

我本來是陪著先生出差，誰知晚上他去赴一場高幹的夜宴，我就被孤身「丟」在另一場大型餐會中。這還不打緊，席間衆人竟起鬨拱我起來唱歌。唱歌？那可是個足足坐滿五百人的大場合。非常嘈雜，並且充斥著字正腔圓的北京話。

拗不過大家的盛情，我就留在位子上，沒有麥克風，沒有樂隊，蚊子叫一般的唱完了一首歌。

次日，朋友帶我們參觀紫禁城。當我一站上石板路，不知怎麼身體裡那股中國魂

就跑出來了。想著那些王公貴冑；想著侯門深深深似海；想著後宮閨怨；想到我一個土生土長的台灣人，竟然踩在中國數千年的歷史之上——能夠毫無所感的，怕沒有幾人罷。

襯映對照著城外那些矮小的民宅，巍峨氣派的紫禁城更讓人覺得古代帝王的不知民間疾苦。「朱門酒肉臭，路有凍死骨」，當朝爲王，掌控生殺大權，掌控嬪妃佳麗的一生榮辱。極盡奢華，卻無法獲至心靈片刻的寧靜，就連吃個東西，也得差下人先行嚐過，以防人下毒。所謂天子，內心卻不能平安、快樂，生命如此步步爲營，想來與赤貧無異。

今年再遊北京，朋友帶我去了一處老宅，說是「大宅門」白家的房子。現在成了古意盎然的知名餐廳。一進門，清宮劇裡格格模樣裝扮的女侍就提著燈籠過來了，爲我們領位。老實說，餐點平平，沒有什麼讓我驚豔之作。倒是氣氛不錯，恍若時空倒流。餐廳內還有京戲表演，鑼鼓喧天的很有舊時光的氛圍。但後來居然有我最怕的川劇變臉，我從小怕面具，即便知道那都是人扮的，還是不敢細瞧。恐怖的是那演員在觀眾席間穿梭，一直朝我接近，嚇得我頭也不敢抬，埋著臉假裝專心吃飯。一頓飯吃下來，嚇出一身冷汗。

上洗手間，格格女侍提著燈籠向我作勢請安，口中說著：「吉祥！」她一半蹲，我覺得不好意思，便也作勢「蹲」了回去，也說了句：「吉祥！」朋友忍俊不住的在我耳邊說：「妳不用跟著蹲啦，那是她們向客人招呼的仿古方式。」

「可是我覺得不好意思啊！」儘管知道自己這樣回禮挺糗的，嘴巴上還是得給自己留點面子。「禮尚往來嘛！」我說。

提燈的格格禮數非常周到。餐畢，她們會把賓客一路送出餐廳，送上車。走出大門後，只見長巷兩側停滿了現代車輛。那景象，實在非常突兀，非常煞風景。

想來，靜謐幽遠的思古之情，即便是在中國、在北京，也只能侷促在小小的框框裡，自得其樂的追尋了。

上海愈來愈有味

那菜攤的婦人瞥我一眼，竟操著普通話對我說：「妳拿去好了！」

最近這兩年，我去上海去得較從前頻繁些，一方面是終於在那裡佈置了個小小的蝸居，此後不用再住飯店。再者松山機場飛上海虹橋，只要一小時二十分，實在方便。

說起來，親友多半都在台北的我，眞正的家在台北。到上海，永遠當自己是個驛站的過客。雖然孤單，卻有難得的自由。我可以花個四、五天，看完兩、三本書。

上海人吃東西口味偏重，尤其是計程車司機常去的店，便宜又份量十足，不難吃，但重油重鹹實在令我吃不消。

有時是食物對味，但小吃店裡的氣氛讓我不太自在，於是便託人買外帶。比如上海的薺菜餛飩，我非常喜歡，總買回家享用。嘉興糯米最有名，他們的粽子是想當然爾的好吃。冬天我則愛吃上海的小湯圓，那麼小巧玲瓏，卻出人意料的有各種內餡。芝麻、紅豆，加在酒釀裡煮，再打個蛋，甜甜香香暖暖，是冬夜裡極富層次的美味。

上海的蔬菜很鮮脆爽口，無論涼拌、熱炒，都好吃。玉米也是一絕。

我向來不吃淡水魚，上海的桂魚是唯一例外。魚香肉嫩，只需一點點橄欖油，再加蔥、薑、醬油清蒸，起鍋前擱上一點香菜，好吃得不得了。

有次我在上海的市場，想零買兩個地瓜，不想那菜攤的婦人瞥我一眼，竟操著普通話對我說：「妳拿去好了！」濃濃的上海腔，豪邁又大氣，對著沒拿任何籃子袋子，只得用手拎著兩只地瓜的我，眞是人情味十足。總之因爲她的豪爽，我發了半晌呆，一時間不知怎麼回應。

上海人的便當很可觀，飯多、菜滿，但重鹹的程度實在令嗜淡的我不敢恭維。約莫也是因爲這個緣故，我對上海的中菜印象總是負擔過重。所以在上海，若要外食，我通常都吃西餐。

比如江邊有間「Water House水舍」，破倉庫改建的。有餐廳，也有旅館。室外有塊空地，散置幾把高腳椅，外國人很喜歡在那兒抽菸、聊天，入夜桌上點起小小的蠟燭，情調滿點。

從前到英國旅行，看到男人們下了班還巴巴的站在小酒吧裡喝啤酒，心裡不屑地想：「累死了！」後來才知道是自己不諳箇中滋味，其實坐著不一定舒服；某些時候，站有站的輕鬆。

水舍走的是後現代極簡風。牆壁不曾美化，隨處露點鐵線鐵板，已然是一種裝潢，桌椅也很簡單。其內的餐廳叫「Table one」，我很推薦它的麵包，一籃四十塊人民幣（台幣兩百），配上橄欖磨碎、加上丁點油蔥的沾醬，非常好吃。整個套餐包括前菜、主菜、湯、甜點、咖啡，約兩百人民幣（台幣一千），幾乎道道美味。

「外灘三號」是間米其林三星餐廳。中午套餐只要兩百人民幣（一千台幣），前菜、湯、咖啡一應俱全。若運氣夠好，坐到窗邊的位子，黃埔江就在眼前，美景美食相得益彰。但請注意：晚餐很貴，約台幣四、五千元。

西南公寓的「魚藏」是間很棒的日本料理店，只是價格不斐。我被朋友請過一次晚餐，一個人要三千多台幣。料理內容水準堅強，與台北不相上下。

此外，外灘六號二樓的那家餐廳，人民幣兩百五十元的套餐，白飯上鋪滿海苔，海苔上又鋪滿大塊大塊的鮪魚，加上烤鱈魚、蒸蛋、味噌湯、紅燒豬肉、紅白蘿蔔，好吃、好飽！

上海的甜點如今也已不可小覷。有次跟朋友去鋼琴家郎朗代言的飯店喝下午茶，小姐客氣的建議我們兩人吃「一套」即可。東西上來我們足足愣了五秒，數十公分高；門牆狀的巧克力板，一旁插著馬卡龍花，另有兩層點心，司康、鹹三明治，在在做得很道地。配上洋甘菊茶，咖啡，即便只有一套，但驚人的份量還是吃不完，只得打包。

上海所以愈來愈好玩，這些從庶民到名流、從家常到高檔的各色飲食，實在居功厥偉啊！

國家圖書館出版品預行編目資料

出走：用旅行找到生命的亮點 / 黃麗穗著. -- 初版. -- 臺北市：圓神, 2013.07
224面；14.8×20.8公分 --（圓神文叢；142）

ISBN 978-986-133-458-5（平裝）

855 102009554

The Eurasian Publishing Group
圓神出版事業機構
用心與你對話．視野無限寬廣
圓神出版社
Eurasian Press

http://www.booklife.com.tw inquiries@mail.eurasian.com.tw

圓神文叢 142

出走——用旅行找到生命的亮點

作 者／黃麗穗
發 行 人／簡志忠
出 版 者／圓神出版社有限公司
地 址／台北市南京東路四段50號6樓之1
電 話／（02）2579-6600．2579-8800．2570-3939
傳 真／（02）2579-0338．2577-3220．2570-3636
郵撥帳號／18598712 圓神出版社有限公司
總 編 輯／陳秋月
主 編／林慈敏
責任編輯／林慈敏．林平惠
美術編輯／王琪
行銷企畫／吳幸芳．施伊姿
印務統籌／林永潔
監 印／高榮祥
校 對／黃麗穗．林慈敏．林平惠
排 版／莊寶鈴
經 銷 商／叩應股份有限公司
法律顧問／圓神出版事業機構法律顧問 蕭雄淋律師
印 刷／國碩印前科技股份有限公司
2013年7月 初版

定價 290 元 ISBN 978-986-133-458-5